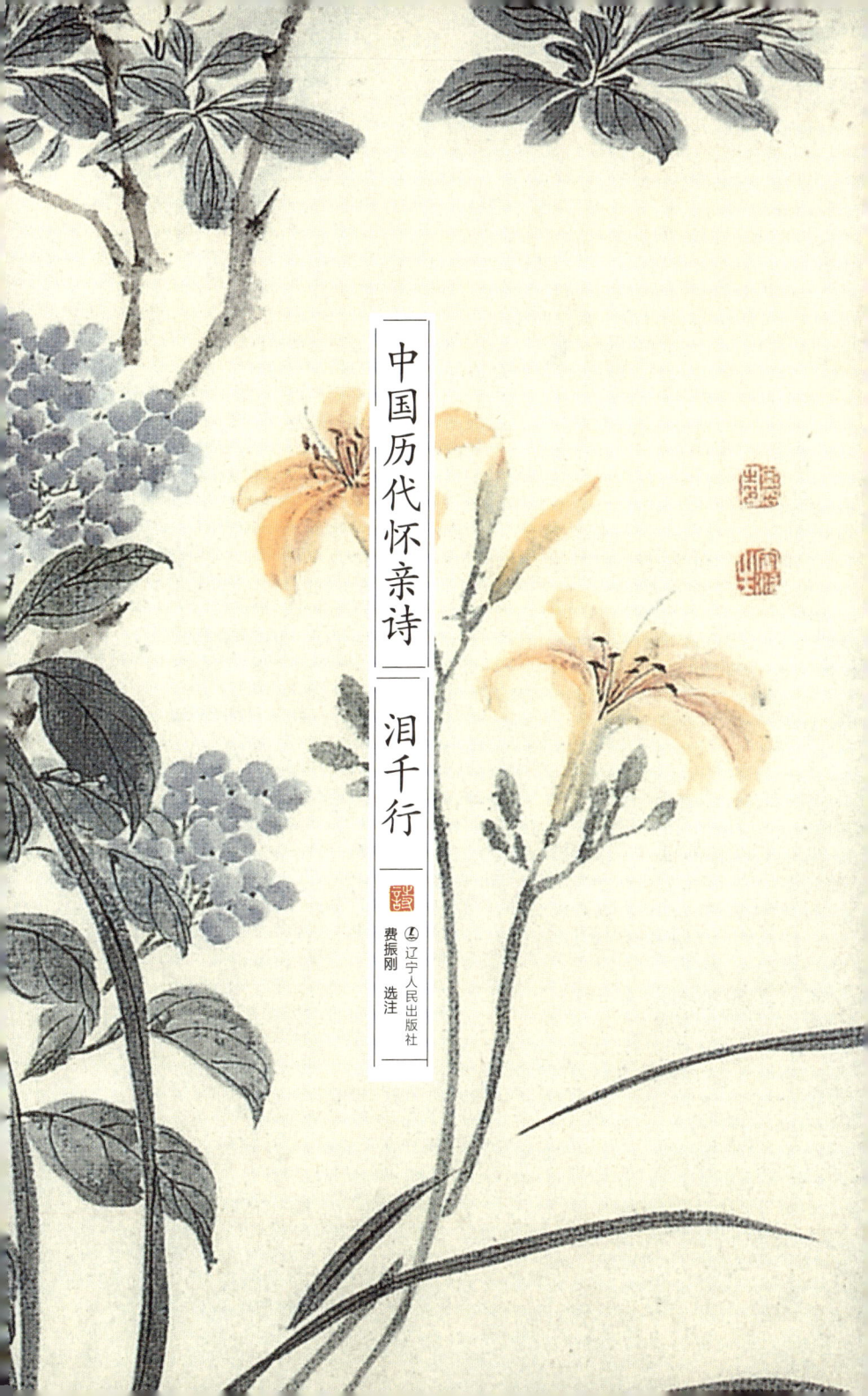

中国历代怀亲诗

泪千行

辽宁人民出版社
费振刚 选注

ⓒ 费振刚　2018

图书在版编目（CIP）数据

泪千行：中国历代怀亲诗 / 费振刚选注 . —沈阳：辽宁人民出版社，2018.10

（中国历代古诗类选丛书）

ISBN 978-7-205-09352-5

Ⅰ.①泪… Ⅱ.①费… Ⅲ.①古典诗歌–诗集–中国 Ⅳ.① I222

中国版本图书馆 CIP 数据核字 (2018) 第 161336 号

出版发行：辽宁人民出版社
地　址：沈阳市和平区十一纬路 25 号　邮编：110003
电　话：024-23284321（邮　购）　024-23284324（发行部）
传　真：024-23284191（发行部）　024-23284304（办公室）
http://www.lnpph.com.cn

印　　　刷：辽宁新华印务有限公司
幅面尺寸：145mm×210mm
印　　张：6
字　　数：132 千字
出版时间：2018 年 10 月第 1 版
印刷时间：2018 年 10 月第 1 次印刷
责任编辑：赵维宁
装帧设计：丁末末
责任校对：刘再升
书　　号：ISBN 978-7-205-09352-5

定　　价：39.80 元

清　沈铨　松梅双鹤图轴

清　冷枚　美人献寿图轴

明　沈周　寿陆母八十山水图轴 ←

清　吴昌硕　杞菊延年图轴 →

明　卞文瑜　祝王时敏六十寿山水图册　之一

前言

感情是人人都有的，抒发感情的诗可并不是人人都会做。诗人之所以称为诗人，我以为就是因为他们能够把人人都有的感情，化为语言的艺术形象，在读者那里产生"于我心有戚戚焉"的心理感应。我从小喜欢文学，起因也就在于文学作品中有我熟悉而又陌生的世界，有我所体验到而又表达不出的感情，它开阔了我的眼界，滋润了我的心田。它使我惊异，使我激动，使我狂喜。随着年纪的增长，文学作品越读越多，但我对文学作品的这种感受，却始终是我阅读文学作品的重要动力。从事古代文学的研究，常常是追逐作家的生活踪迹，去找出他们创作冲动的来源，去印证他们作品反映生活的深度和广度。而作为一个普通读者，我在阅读作品过程中首先想到的是作品给了我什么启迪，表达了哪些我本来长久郁积于心而无由一吐为快的思想感情，这常常是我在经过阅读作品兴奋之后产生了研究这些作品的愿望，形成了研究的题目和大体构想。在我选注这本怀亲诗选过程中，我所注意的也还是这一点，是我选诗的重要标准。

在一个人的生活道路上，父亲、母亲、兄弟姐妹、丈夫、妻子、儿女，常常伴你同行，一同经历着生活的风风雨雨，一同品尝着生活的酸甜苦辣，一同扬起理想的风帆，一同浇铸着事业的基础。怀亲诗选所包括的就是抒发父母子女之间、兄弟姐妹之间、夫妻之间，在共同承受这一切的时候所产生的思想感情的诗篇。这类诗所抒发的，特别是亲子之爱、夫妻之爱，是人性最初、最自然的表现，它构成文学的永不枯竭的主题之一。在我国从两千多年前的《诗经》开始的诗的长河中，怀亲诗以它的纯真和圣洁，激动着世世代代读者的心灵，读着这些诗会使人沉浸在爱的温馨中，让人的灵魂得到净化。同时，我们还应该看到，诗人们在抒发自己对亲人感情的时候，也蕴含着他们对社会的思考，在怀亲诗中，我们看到了诗人对不公正社会现实的揭露和抨击，诗人对国家命运和人民疾苦的关心。越是伟大的诗人，越能看到在他们的创作中，把亲亲之情的抒发和社会问题的思考紧密地结合在一起，显现了他们胸怀的博大和感情的崇高。我以为这正是我国古代怀亲诗的重大特色之一。但不可否认，由于长期封建思想的影响，即使是最优秀的诗人，在他们的创作中，也不可避免地流露出某些令人讨厌的封建道德伦理的说教，它与今天的社会现实和人们的思想感情是格格不入的，这是在阅读这些作品时应该注意的。

　　选入这里的怀亲诗，除了《诗经》《古诗十九首》以及所谓"苏李诗"，都是有主名的作品，我所持的标准是：他们创作这些诗时，必须是以个人的生活经历为基础的，是他们自己亲身的感受，我所强调的是诗人抒发感情的真实性。正是基于这样的认识，我没有选张衡的《同声歌》、朱庆余《闺意献张水部》这类有比兴意味的作品，也没有选如薛道衡《昔昔盐》、王昌龄《闺怨》这类由男人所写的妇女题材的作品。

　　我愿把这本小书献给远离家乡游子的亲们，并以此表达一个游子对亲人的思念之情和诚挚的祝福。

费振刚

目录

001	凯风	先秦ǀ《诗经·国风》
004	伯兮	先秦ǀ《诗经·国风》
007	陟岵	先秦ǀ《诗经·国风》
009	葛生	先秦ǀ《诗经·国风》
011	常棣	先秦ǀ《诗经·小雅》
014	蓼莪	先秦ǀ《诗经·小雅》
017	赠妇诗三首	汉ǀ秦嘉
024	答秦嘉诗	汉ǀ徐淑
027	古诗十九首	汉ǀ无名氏
033	留别妻	汉ǀ苏武
035	赠从弟三首（选一首）	三国·魏ǀ刘桢
036	赠秀才入军十八首（选二首）	三国·魏ǀ嵇康
040	悼亡诗三首（选一首）	晋ǀ潘岳
043	娇女诗	晋ǀ左思
050	责子	晋ǀ陶渊明
052	南行别弟	唐ǀ韦承庆
053	塞上寄内	唐ǀ崔融
055	洗然弟竹亭	唐ǀ孟浩然

目录

057	入峡寄弟	唐丨孟浩然
060	九月九日忆山东兄弟	唐丨王 维
061	寄东鲁二稚子	唐丨李 白
064	南流夜郎寄内	唐丨李 白
065	月 夜	唐丨杜 甫
067	得舍弟消息二首	唐丨杜 甫
070	月夜忆舍弟	唐丨杜 甫
072	遣 兴	唐丨杜 甫
074	元日示宗武	唐丨杜 甫
076	小儿垂钓	唐丨胡令能
077	游子吟	唐丨孟 郊
079	别舍弟宗一	唐丨柳宗元
081	左迁至蓝关示侄孙湘	唐丨韩 愈
083	去岁自刑部侍郎以罪贬潮州刺史,乘驿赴任。	
	其后,家亦遣逐。小女道死,殡之层峰驿旁山下。	
	蒙恩还朝,过其墓,留题驿梁	唐丨韩 愈
085	遣悲怀三首	唐丨元 稹
089	自河南经乱,关内阻饥,兄弟离散,各在一处。	
	因望月有感,聊书所怀,寄上浮梁大兄、於潜	
	七兄、乌江十五兄,兼示符离及下邽弟妹	唐丨白居易
092	赠 内	唐丨白居易
093	九日寄行简	唐丨白居易
094	得行简书,闻欲下峡,先以诗寄	唐丨白居易
096	哭崔儿	唐丨白居易
098	西上辞母坟	唐丨陈去疾
099	幼女词	唐丨施肩吾

100	夜雨寄北	唐｜李商隐
101	骄儿诗	唐｜李商隐
109	王十二兄与畏之员外相访，见招小饮，时予以悼亡日近，不去，因寄	唐｜李商隐
111	悼亡二首	唐｜赵嘏
112	秋霁夜忆家	唐｜韩偓
113	寄外征衣	唐｜陈玉兰
114	怀良人	唐｜葛鸦儿
115	示长安君	宋｜王安石
117	次吴氏女子韵二首（选一首）	宋｜王安石
119	辛丑十一月十九日，既与子由别于郑州西门之外，马上赋诗一篇寄之	宋｜苏　轼
121	洗儿戏作	宋｜苏　轼
122	寄　内	宋｜孔平仲
123	代小子广孙寄翁翁	宋｜孔平仲
126	示三子	宋｜陈师道
128	偶　成	宋｜李清照
129	稚子弄冰	宋｜杨万里
130	嘲稚子	宋｜杨万里
131	送子龙赴吉州掾	宋｜陆　游
136	悼亡三首	宋｜梅尧臣
139	除夜自石湖归苕溪	宋｜姜　夔
141	旅夜书怀	宋｜胡朝颖
142	寄　外	宋｜谭意哥
143	答　外	宋｜郭晖妻
144	答　外	宋｜王琼奴

145	望舍弟消息	元丨王恽
147	客夜思亲	元丨宋无
148	九月七日，舟次宝应县，雨中与天与弟别	元丨萨都剌
150	怀归	元丨倪瓒
152	客中除夕	明丨袁凯
153	寄内	明丨于谦
156	寄外	明丨黄峨
158	对月答子浚兄 见怀诸弟之作	明丨皇甫汸
159	乱后初入吴舍弟小酌	明丨王世贞
161	秋日怀弟	明丨谢榛
162	寄弟	明丨徐熥
163	夫君北行以菩提 数珠留赠	明丨曹寿奴
164	悼亡	明丨商景兰
166	悼亡五首	清丨顾炎武
170	内人生日	清丨吴嘉纪
172	元日哭先大人	清丨周淑媛
173	忆母	清丨倪瑞璿
174	寄远曲三首（选一首）	清丨朱柔则
176	大姊索诗	清丨袁枚
177	岁暮到家	清丨蒋士铨
178	又寄内子	清丨黄遵宪

凯　风[1]

[先秦]

《诗经·国风》

凯风自南[2],吹彼棘心[3]。

棘心夭夭[4],母氏劬劳[5]。

凯风自南,吹彼棘薪[6]。

母氏圣善[7],我无令人[8]。

爰有寒泉[9],在浚之下[10]。

有子七人,母氏劳苦。

睍睆黄鸟[11],载好其音[12]。

有子七人,莫慰母心。

注释

1　这是一首儿子歌颂母亲的诗。《诗经》中同类的诗，还有《小雅·蓼莪》。自汉至北宋，史籍或文人创作中，多有《凯风》，《蓼莪》并提，或单提《凯风》"寒泉"，用以歌颂母亲或寄托对母亲的思念。诗中所言"母氏劬劳""母氏圣善""母氏劳苦"，都是从儿子的眼睛中观察到的母亲形象，由此引起的自责，"有子七人，莫慰母心"，是很真实的恩情的自然流露，而"凯风自南，吹彼棘心"、"吹彼棘薪"的起兴，也表达了对母亲慈爱心怀的赞美。但这首诗在封建时代，曾遭到严重的曲解，先是《毛诗》对《凯风》牵强附会的解释："卫之淫风流行，虽有七子之母，犹不能安其室，故美七子能尽其孝道，以慰其母心而成其志尔。"《郑笺》《孔疏》承袭这种说法，自不待言，而攻击《毛诗》最激烈的朱熹在《诗集传》也赞同这一说法，这就使南宋以后，文人学者大都讳言这首诗的本义，而本书把《凯风》作为怀亲诗的首篇，为避免读者的疑惑，故作如上的说明。

2　凯风：南风。凯，乐也。南风温润，使万物生长，使人喜欢，故称凯风。

3　棘：酸枣树。心：有纤小意。棘心，指酸枣树初生的尖刺或细枝。凯风，喻母；棘心，子自喻。棘心不得凯风的吹拂，不能茂盛，七子不得母亲的抚养，不能成长。

4　夭夭：树枝被风吹拂时摇曳之状。

5　劬（qú）劳：辛苦劳累。

6　棘薪：酸枣树长成，可为薪柴。喻子已长成。

7 圣善：明达而善良。

8 令：善也。"我无令人"，我们作子女的不成材。

9 爰：发语词，无义。寒泉：水冬夏常冷，故名。

10 浚：卫国邑名，在今河南省濮阳县南。"爰有"二句以浚邑之寒泉，犹能浸润土地，以反衬下二句：有子七人，反使母亲受尽苦辛。

11 睍睆（xiàn huǎn）：象声词，用以形容黄鸟宛转圆润的叫声。

12 载：犹则也。"载好其言"即"其音则好"。"睍睆"二句以黄鸟尚能以美好鸣声悦人，反衬下二句：有子七人，却不能慰悦母亲的心。

| 延伸阅读 |

怀念母亲

袁 戈

棘人远在异乡客，诀别娘系已五期。

淮岸濮山空缱绻，巴陵湘水共伤悲。

西风回转相愁绝，血雨冰心同泪飞。

今跪地门三叩首，连天春草也凄凄。

伯 兮[1]

[先秦]

《诗经·国风》

伯兮朅兮[2],邦之桀兮[3]。

伯也执殳[4],为王前驱[5]。

自伯之东[6],首如飞蓬[7]。

岂无膏沐[8],谁适为容[9]。

其雨其雨,杲杲出日[10]。

愿言思伯[11],甘心首疾[12]。

焉得谖草[13]?言树之背[14]。

愿言思伯,使我心痗[15]。

注释

1 《诗经·国风》的大部分作品产生于西周后期到春秋前期这一段时间里。当时,由于周王朝的统治者荒淫残暴,昏庸无能,统治集团内部矛盾、阶级矛盾、民族矛盾日益发展,特别是与外族的战争,使整个社会陷入了动荡不安之中,而广大人民更因此承受着沉重的兵役、徭役,正常的劳动生活秩序被打破,饱尝着亲人离散、不得团聚的相思的痛苦。《伯兮》便是通过妇女在家思念出征丈夫感情的抒发,曲折地反映了这一现实,委婉地表现了广大人民在这样环境中的怨愤情绪。

写夫妻别后相思,这是我国古典诗歌中的一个重要主题,统称为"闺怨"诗或"思妇"诗。自汉以下,历代都有许多闺怨诗,涌现出不少有时代特色和个人风格的优秀作品。而《伯兮》作为最早出现的闺怨诗,它那质朴的形容和渲染,鲜明的比兴和反衬,在自豪中见出妩媚,在愁怨中流露深情,都给后来诗人以启发,对后世闺怨诗的思想和艺术产生明显的影响。

2 伯:妻子对丈夫的称呼。古代在兄弟姐妹中,年长的称伯,其次称仲、称叔,最小的称季。妻子称呼自己的丈夫为伯,含有尊重、亲爱的意思。朅(qiè):健壮威武的样子。

3 桀:通杰,才智出众的人。

4 殳(shū):古代一种长一丈二尺的兵器,略同后代的槊。

5 前驱:先锋。

6 之:往、去。东:指丈夫出征的方向。

7 飞蓬:蓬草,秋天干枯,往往在近根部折断,风一吹就团团飞舞,所以称飞蓬。用以形容头发蓬松散乱。

8　膏沐:古人用来润泽头发的东西。

9　适:悦。"谁适"即让谁喜欢,讨谁高兴之意。为容:修饰容貌。"岂无"二句大意是:哪里是缺少润泽头发的油脂,可我打扮起来讨谁喜欢呢!

10　杲(gǎo)杲:光亮的样子。"其雨"二句是比兴,用杲时盼望着下雨,而偏偏尽出光亮的太阳,来比喻自己极其盼望丈夫归来,而丈夫偏不归来。

11　愿言:思念深切的样子。言:通"然",语气词,无意义。

12　甘心:心甘情愿。首疾:头痛。

13　谖(xuān)草:萱草,又名忘忧草,古人以为这种草可以使人忘忧。

14　言:就,乃。树:种植。背:通"北"。指堂屋的北面,即后庭的阶前。"焉得"二句大意是:我从哪里可以得到忘忧草?我要把它种在我后庭的台阶上。

15　痗(mèi):病痛。

陟 岵[1]

[先秦]

《诗经·国风》

陟彼岵兮[2],瞻望父兮。

父曰[3]:"嗟!

予子行役[4],夙夜无已[5]。

上慎旃哉[6],犹来无止[7]。"

陟彼屺兮[8],瞻望母兮。

母曰:"嗟!

予季行役[9],夙夜无寐[10]。

上慎旃哉,犹来无弃[11]。"

陟彼冈兮,瞻望兄兮。

兄曰:"嗟!

予弟行役,夙夜必偕[12]。

上慎旃哉,犹来无死。"

注释

1 这是一首在远方服役的征人思念家乡亲人的诗,表现了广大人民对统治者无休止的徭役的怨愤情绪。诗人不是直接写征人思念亲人,而是从对方设想,所谓"想得家中夜深坐,还应说着远游人"(白居易《至夜思亲》),写征人想象亲人对他们挂念嘱咐。这样的表达,不仅使诗委婉曲折,而且更能显现征人对亲人思念之深挚,情绪之激愤。杜甫的《月夜》也是怀亲之作,从风格来说,虽然有古拙与纤丽的区别,但作为艺术构思却可以看出它们之间的联系。

2 陟(zhì):登。岵(hù):有草木的山。

3 父曰:此句以下都是征人登高望父时,想象父亲对他说的话,下二章"母曰""兄曰"同此。

4 行役:出外服徭役。

5 夙夜:早晚,从早到晚。无已:没有停顿,没完没了。

6 上:即"尚",希望。慎:谨慎。有保重的意思。旃(zhān):语助词,与"之"同义。全句意为希望你要多保重啊!

7 止:停留。全句意为还是回来的好,不要流落在远方。

8 屺(qǐ):没有草木的山。

9 季:兄弟中年龄最小的称季。

10 无寐:没有睡觉的时间。

11 弃:抛弃。"无弃"指不要弃家不归。

12 偕:俱。"必偕"指早晚都一样。

葛 生[1]

[先秦]

《诗经·国风》

葛生蒙楚[2],蔹蔓于野[3]。

予美亡此[4],谁与独处[5]。

葛生蒙棘,蔹蔓于域[6]。

予美亡此,谁与独息[7]。

角枕粲兮[8],锦衾烂兮[9]。

予美亡此,谁与独旦[10]。

夏之日,冬之夜[11],

百岁之后,归于其居[12]。

冬之夜,夏之日,

百岁之后,归于其室。

注释

1　这是一位妇女悼念亡夫的诗。全诗共五章，前三章与后两章形成二部重章，前三章通过坟场荒凉冷落的描写和丈夫陪葬饰物艳丽的反衬，使女主人公联想地下丈夫亡魂孤单，四、五章写女主人公在度过漫长岁月之后，将与丈夫同穴的愿望。"谷（活着）则异室，死则同穴"（《国风·大车》），这是古代夫妻爱情坚贞不渝的象征。诗句哀婉凄切，感人至深，历来被推崇，称为悼亡诗之祖。

2　葛：蔓生植物。蒙：覆盖。楚：荆树，落叶灌木。

3　蔹（liǎn）：与葛同为蔓生植物。蔓：蔓延。

4　予美：我的好人。亡此：死在此地，即埋于此地。

5　谁与独处：指死者。意为谁伴他孤独地长眠于地下呢？后二章意与此同。

6　域：茔域，即葬地。

7　息：寝息。

8　角枕：用兽角做装饰的枕头。死者所用。粲，同"灿"，此与下文之"烂"为互文，灿烂，华美鲜明的样子。

9　锦衾：用锦做的被子，殓尸所用。

10　旦：指从黑夜到天明。

11　日、夜：夏天日长，冬天夜长，极言其未来的时日漫长，不易熬过。

12　其居：指死者所居之地，即坟墓。下章"其言"，意与此同。

常　棣[1]

[先秦]

《诗经·小雅》

常棣之华[2],鄂不韡韡[3]。
凡今之人,莫如兄弟[4]。
死丧之威[5],兄弟孔怀[6]。
原隰裒矣[7],兄弟求矣[8]。
脊令在原[9],兄弟急难[10]。
每有良朋[11],况也永叹[12]。
兄弟阋于墙[13],外御其务[14]。
每有良朋,烝也无戎[15]。
丧乱既平,既安且宁。
虽有兄弟,不如友生[16]。
傧尔笾豆[17],饮酒之饫[18]。
兄弟既具[19],和乐且孺[20]。
妻子好合[21],如鼓瑟琴[22]。

兄弟既翕[23],和乐且湛[24]。

宜尔室家,乐尔妻帑[25]。

是究是图[26],亶其然乎[27]。

注释

1　这是一首宴请兄弟的诗。全诗以死丧祸乱与和平安宁的对比,朋友妻子与兄弟关系的对比,表达了兄弟应该互相友爱的思想,后世诗文中多用"常棣"("常"或写作"棠")、"脊令"(或写作"鹡鸰"),或喻兄弟,或喻兄弟情深,都是由这首诗引发的。

2　常棣(dì):即棠梨树。华:同"花"。

3　鄂:同"萼",即花托。不:当作柎,花萼的底部。韡(wěi伟)韡:又作炜炜,花色鲜艳的样子。

4　莫如兄弟:不如兄弟亲密。

5　威:畏。全句意为死丧是可畏的事。

6　孔怀:非常关心。孔:甚。怀:关心。

7　原隰:高原与洼地,泛指荒郊野地。裒(póu):聚,指聚土为坟。

8　求:寻找。"原隰"二句大意是:兄弟相爱,彼此关心,生则求其人,死则求其穴,虽在荒野,也要聚土为坟,以尽哀思。

9 脊令：又作"鹡鸰"。是一种水鸟。脊令飞行时鸣叫，以求其同类。在原：水鸟在原，失其常处，喻有难，以兴下句兄弟有灾难。

10 急难：有灾难就急于救助。

11 每：虽。

12 况：增加。"每有"二句大意是：虽有好朋友，但当我有灾难，只是增加他们的长叹而已。

13 阋（xì）：争斗。阋于墙：在墙内争斗。

14 务：通侮。"兄弟"二句大意是：兄弟在家内可以争吵，可是遇有外人欺凌，则会共同起而抵抗。

15 烝：众。戎：助。全句大意为：良朋虽多，也不能助我御侮。

16 友生：朋友。"虽有"二句是说人在平安的时候，会有兄弟不如朋友的感觉。

17 傧（bīn）：陈列。笾豆：两种古代祭祀或宴飨时用来盛食品的器皿。

18 之：是。饫（yù）：吃饱喝足。

19 具：俱、集。

20 孺：相亲。

21 好合：情投意合。

22 如鼓瑟琴：像弹琴瑟那样，音律和谐，喻夫妻和美。

23 翕（xī）：聚合。

24 湛（dān）：久乐、尽兴。

25 帑（nú）：通孥，儿子。

26 究：研究。图：考虑。

27 亶（dǎn）：确实。"是究"二句大意是：你研究、考虑一下吧，上面所说的道理真是这样吗？

蓼 莪[1]

[先秦]

《诗经·小雅》

蓼蓼者莪[2],匪莪伊蒿[3]。

哀哀父母,生我劬劳。

蓼蓼者莪,匪莪伊蔚[4]。

哀哀父母,生我劳瘁[5]。

缾之罄矣[6],维罍之耻[7]。

鲜民之生[8],不如死之久矣[9]!

无父何怙[10],无母何恃?

出则衔恤[11],入则靡至[12]。

父兮生我,母兮鞠我[13]。

拊我畜我[14],长我育我,

顾我复我[15],出入腹我[16]。

欲报之德,昊天罔极[17]!

南山烈烈[18],飘风发发[19]。

民莫不穀[20]，我独何害[21]！
南山律律[22]，飘风弗弗[23]。
民莫不穀，我独不卒[24]！

注释
---

1 这是一首父母不幸死去后，追思父母养育之恩的诗。第四章写父母养育子女的艰辛，连用了九个"我"字，几乎一字一泪，是一段至性至情的文字，很有感染力。《晋书·王裒传》说：王裒性至孝，每读《诗经》至此篇，都流泪再三，所以他的学生都不再读《蓼莪》这首诗了。但受感动的何止王裒，所以姚际恒说：勾人泪眼全在此无数我字，何止王裒！
2 蓼（lù）蓼：高大的样子。莪（é）：莪蒿，蒿的一种，茎抱根而生，俗称抱娘蒿。
3 匪：非。伊：是。蒿：俗称蒿子，有青蒿、白蒿等。
4 蔚（wèi）：蒿的一种，又称牡蒿。
5 瘁（cuì）：憔悴。
6 缾：同瓶，盛水器，较罍为小。罄（qìng）：尽、空。
7 罍（léi）：酒坛，大肚小口。
8 鲜民：斯民，这样的人。鲜：通"斯"，此。全句大意为像我这样的人活着。
9 死之久：死了很长时间，引申为早早死去。

10 怙（hù）：依靠、凭借。与下句"恃"同义。

11 出：出门、离家。衔：含。恤：忧。

12 入：进门、回家。靡至：没有亲人。至：亲。一说无所归，即没有着落的意思。

13 鞠：养育。

14 拊：同"抚"，抚摸、抚爱。畜：好、喜爱。

15 顾：照顾。复：通"覆"，有庇护的意思。

16 腹：抱。

17 昊（hào）天：皇天、上帝。罔极：无常，没有准则。罔：无、不。极：准则。"欲报"二句大意是：我想报答父母的大德，可是皇天不公正，竟使父母早亡，使我不能养老送终。

18 烈烈：山高峻险阻的样子。

19 飘风：暴风。发发：大风呼啸的声音。

20 穀：善。全句意思是：别人都过得很好。

21 何害：蒙受灾难。何：通"荷"，蒙受。

22 律律：山势高耸的样子。

23 弗弗：大风扬尘的样子。

24 不卒：不得终养父母。

赠妇诗三首[1]

[汉]
秦 嘉

一[2]

人生譬朝露[3],居世多屯蹇[4]。

忧艰常早至,欢会常苦晚[5]。

念当奉时役[6],去尔日遥远[7]。

遣车迎子还[8],空往复空返。

省书情凄怆[9],临食不能饭。

独坐空房中,谁与相劝勉[10]?

长夜不能眠,伏枕独展转[11]。

忧来如循环[12],匪席不可卷[13]。

二[14]

皇灵无私亲[15],为善荷天禄[16]。

伤我与尔身,少小罹茕独[17]。

既得结大义[18],欢乐苦不足。

念当远离别，思念叙款曲[19]。
河广无舟梁[20]，道近隔丘陆。
临路怀惆怅，中驾正踯躅[21]。
浮云起高山[22]，悲风激深谷。
良马不迴鞍[23]，轻车不转毂[24]。
针药可屡进，愁思难为数[25]。
贞士笃终始[26]，恩义可不属[27]。

三[28]

肃肃仆夫征[29]，锵锵扬和铃[30]。
清晨当引迈[31]，束带待鸡鸣[32]。
顾看空室中[33]，仿佛想姿形[34]。
一别为万恨，起坐为不宁。
何用叙我心？遗思致款诚[35]。
宝钗好耀首[36]，明镜可鉴形。
芳香去垢秽，素琴有清声。
诗人感木瓜，乃欲答瑶琼[37]。

愧彼赠我厚,惭此往物轻。

虽知未足报,贵用叙我情[38]。

注释

1　《赠妇诗》作者秦嘉,东汉时人。字士会,陇西郡(今甘肃临洮县南)人。桓帝时,为郡上计吏(每年终到京城,向朝廷汇报本地区人口、钱粮、盗贼、狱讼等情况的官吏)。他去洛阳后,留为黄门郎。数年后,卒于官。当他奉命去洛阳时,他的妻子徐淑因病回到娘家,他派车去接她回来,并给她写了一封信,但徐淑未回,只给他写了一封回信。于是秦嘉写下了这些诗篇,除这三首五言诗,另有一首四言诗。他妻子徐淑也答诗一首,这是我国古代最早的有主名的夫妻赠答诗。这些诗如明人胡应麟所说:"秦嘉夫妇往还曲折,具载诗中。真事真情,千秋如在,非他托兴可以比肩(《诗薮》内编卷一)。"正因为有真实的经历作为创作基础,使诗的感情深挚缠绵,语言表达上则以委婉细腻见长,很有感染力,对后世同类诗文创作也有一定的影响。

2　此诗写他接到妻子复信后的失望心情。

3　朝露:早上的露水。

4　屯蹇(jiǎn):《易》二卦名,谓艰难困苦,不顺利。

5　欢会:欢聚,幸福地相聚。

6 时役:应时的差事。

7 去尔:离开你。日:一天天地。

8 "遣车"二句:指秦嘉派车去接妻子回来,却空车而返。子:古代对对方的尊称,犹今语之"您"。

9 省书:展读你的回信。省(xǐng):察看。书:信。凄怆:伤感,悲痛。

10 劝勉:劝慰勉励。

11 展转:同"辗转",夜不能眠,在床上翻来覆去。

12 循环:往复不止,喻忧思不可断绝。

13 匪席不可卷:语出《诗经·国风·柏舟》"我心匪席,不可卷也。"这里是说自己的忧思不是席子可以卷而去之。与原意不同。

14 这首诗在抒发不能面别的痛苦中还透露出在他们夫妻间有人为的障碍,他妻子不能回家,不是因为有病,而是另有难言之苦衷,徐淑给他回信中有"自初承问,心愿东还,迫疾惟宜,抱叹而已","谁谓宋远,企予望之,室迩人遐,我劳如何"(《艺文类聚》卷三十二),都表明了这一点。诗中"河广无舟梁,道近隔丘陆","浮云起高山,悲风激深谷",都与徐淑的回信相应和,不是泛泛景物描写,而是深有寄托的。但不能相见的痛苦反使他们相爱的信念愈坚,"良马不迴鞍,轻车不转毂","贞士笃终始,恩义可不属",就是作者的回答。

15 皇灵:皇天、上帝。私亲:自己的亲属。

16 荷天禄:承受天赐的福禄。荷(hè):承受。

17 罹(lí):遭遇。茕(qióng)独:孤独,没有依靠。茕:无兄弟。独:无子。

18　结大义：犹言结婚。大义：正道。《易·归妹》："归妹，天地之大义也。"归妹，嫁妹也。

19　思念叙款曲：《文选》注引作"思面叙款曲"，逯钦立说："于义较胜。汉人五言句常有上三下二者。今面字作念，殆后人不知妄改耳。"（《先秦汉魏晋南北朝诗·汉诗卷六》）全句意为希望当面叙说衷情。款曲：衷情。

20　河广无舟梁：语出《诗经·国风·河广》："谁谓河广，一苇杭之。谁谓宋远，跂予望之。"极言黄河不广，宋国不远，回去很容易，是从主观愿望而言。这里则指出黄河广阔，又无船和桥，相见是无望的，明白地暗示出在两人之间有人为的障碍。下句是说路虽近，可中间有大小土山相阻，意与此同。

21　"临路"二句：承上而发，表现自己在人为障碍前的失望和不安的心情。"临路"、"中驾"都不是实写。

22　浮云起高山：形象地表现客观环境的险恶。《古诗十九首》"浮云蔽白日，游子不顾反。"李善曰："浮云之蔽白日，比喻邪佞之毁忠良。"下句意与此同。

23　迴鞍：掉转马头。

24　轻车：轻捷的车。转毂（gǔ）：掉转车行的方向。毂，本指车轮中间的圆木，这里代指车。"良马"二句都是比喻，表明不管客观环境如何险恶，自己与妻子的相爱决心不变。

25　"针药"二句：诗人想象妻子的情形：针灸药石的治疗，虽可经常进行，但离别的愁思是难以排遣的。表现了诗人对病中妻子的关切心情。

26　贞士：言行一致、守志不移的人。笃终始：始终不渝。

27　可不属（zhǔ）：原为"不可属"，据《先秦汉魏晋南北朝诗》改。可不属意为不可不加以注重。属：专注。

28 诗人清晨即将上路,整装待发,环视室中,更增添了对妻子的思念,于是留下自己最珍贵的东西,用以表达对妻子的深切思念。

29 肃肃:行色匆匆的样子。仆夫:车夫。征:远行。全句意为车夫正迅速地作着远行的准备。

30 锵锵:铃声。和铃:系于车上的铃。

31 引迈:出发、登程。

32 束带:穿好衣服。

33 顾看:环视。

34 姿形:姿态、形容。

35 遗(wèi)思:一作"遣思"。均指写信来表达自己的心情。款诚:恳挚、忠诚。

36 "宝钗"四句:宝钗、明镜、芳香、素琴都是秦嘉临行前留给妻子徐淑的东西,在其《重报妻书》中说:"间得此镜,既明且好,形观文采,世所希有,故以相与。并致宝钗一双,价值千金。龙虎组履一纳(一双),好香四种各一斤,素琴一张,常所自弹也。明镜可以鉴形,宝钗可以耀首,芳香可以馥身去秽,麝香可以辟恶气,素琴可以娱耳。"诗中所云乃撮述其意。徐淑有书还报,其辞云:"既惠音令,兼赐诸物,厚顾殷勤,出于非望。镜有文采之丽,钗有殊异之观,芳香既珍,素琴益好。惠异物于鄙陋,割所珍以相赐,非丰恩之厚,孰肯若斯。览镜执钗,情想仿佛;操琴咏诗,思心成结。敕以芳香馥身,明镜鉴形,此言过矣,未获我心也。昔诗人有飞蓬之感,班婕妤有谁荣之叹。素琴之作,当须君归;明镜之鉴,当待君还。未奉光仪,则宝钗不设也;未侍帷帐,则芳香不发也。"(秦、徐往还书信分见严可均辑《全上古三代秦汉三国六朝文·全后汉文》卷六十六、九十六）从中可见秦嘉夫妇之心心相印。

37　诗人：指《诗经·国风·木瓜》的女主人公。其诗曰："投我以木瓜，报之以琼琚"，"投我以木桃，报之以琼瑶。"意为要以更珍贵的东西报答对方。

38　用：以。"虽知"二句的大意是：虽然知道我所送的礼物微薄，但我珍视的是它可以表达我的心情。

| 延伸阅读 |

白头吟

[西汉] 卓文君

皑如山上雪，皎若云间月。

闻君有两意，故来相决绝。

今日斗酒会，明旦沟水头。

躞蹀御沟上，沟水东西流。

凄凄复凄凄，嫁娶不须啼。

愿得一心人，白头不相离。

竹竿何袅袅，鱼尾何簁簁！

男儿重意气，何用钱刀为！

答秦嘉诗[1]

[汉]

徐 淑

妾身兮不令[2],婴疾兮来归[3]。

沉滞兮家门[4],历时兮不差[5]。

旷废兮侍觐[6],情敬兮有违[7]。

君今兮奉命,远适兮京师[8]。

悠悠兮离别[9],无因兮叙怀[10]。

瞻望兮踊跃[11],伫立兮徘徊[12]。

思君兮感结[13],梦想兮容辉[14]。

君发兮引迈[15],去我兮日乖[16]。

恨无兮羽翼,高飞兮相追。

长吟兮永叹,泪下兮沾衣。

注释

1 秦嘉派人迎接徐淑回家,徐淑则因种种原因不能回来,于是写了这首答诗。诗人在诗中叙述了自己不能回家而别的难言隐痛,抒发了日后长久别离的相思。语言质朴,情意绵绵,以诗代柬,饶有风致,魏晋以下,少有此种韵味。

2 不令:不好。

3 婴疾:疾病缠身。婴:通缨,缠绕。来归:回到娘家。按《左传》庄公二十七年:"凡诸侯之女,归宁曰来,出曰来归。"注曰:"出者,见弃于夫家,来而不再返回。宣十六年《经》云'秋,郯伯姬来归',《传》云'出也',是其例。"封建时代所谓"七出"中有"恶疾"一项。据此,则徐淑可能以其染有恶疾为借口,被遣回娘家的。所以她不能再回丈夫家,下文之"无因兮叙怀",以及秦嘉《赠妇诗》的第二首的种种暗示,都可以看作是由此引起的。

4 沉滞:积滞而不通畅,引申为长久的停留。

5 历时:经过了一段时间。不差(chài):病不见好转。差:通"瘥",病愈。

6 旷废:荒废。侍觐:当面侍奉。觐:会见。

7 情敬:相爱相敬。有违:没有做到。

8 适:往。京师:洛阳。

9 悠悠:忧思的样子。

10 叙怀:叙述自己对你的思念。

11 踊跃:心情激动。

12 徘徊:心绪不安。

13　感结：百感交集。

14　容辉：仪容丰采。

15　发：出发。

16　去我：离我而去。日乖：一天天地远了。乖：本意为背离，引申为距离扩大。

|延伸阅读|

迢迢牵牛星

[汉诗] 佚　名

迢迢牵牛星，皎皎河汉女。

纤纤擢素手，札札弄机杼。

终日不成章，泣涕零如雨。

河汉清且浅，相去复几许。

盈盈一水间，脉脉不得语。

古诗十九首[1]

[汉]

无名氏

一

行行重行行[2]，与君生别离[3]。

相去万余里，各在天一涯[4]。

道路阻且长[5]，会面安可知？

胡马依北风[6]，越鸟巢南枝[7]。

相去日已远[8]，衣带日已缓[9]。

浮云蔽白日[10]，游子不顾返[11]。

思君令人老，岁月忽已晚[12]。

弃捐勿复道[13]，努力加餐饭[14]。

二[15]

冉冉孤生竹[16]，结根泰山阿[17]。

与君为新婚，兔丝附女萝[18]。

兔丝生有时[19]，夫妇会有宜[20]。

千里远结婚,悠悠隔山陂[21]。

思君令人老,轩车来何迟[22]!

伤彼蕙兰花[23],含英扬光辉[24];

过时而不采,将随秋草萎[25]。

君亮执高节[26],贱妾亦何为[27]!

三[28]

客从远方来,遗我一端绮[29]。

相去万余里,故人心尚尔[30]。

文采双鸳鸯[31],裁为合欢被[32]。

著以长相思[33],缘以结不解[34]。

以胶投漆中,谁能别离此[35]。

注释

1　这一组诗始见于梁萧统所编《文选》。现代学者认为它们产生于东汉末年,作者姓氏已不可考,是文人五言诗成熟的标志。东汉末年,政治黑暗,社会动荡,知识分子为个人名利而寻求出路,不得不远离家园,或游京师,或谒州郡。他们与家人长期不得团聚,伤离怨别的情绪由此产生。《古诗十九首》生动地反映了这一点。由于它们的作者都是中下层文人,有较高的文化素养,他们既汲取了乐府民歌的营养,又接受了《诗经》、《楚辞》的优良传统,从而形成了一种独特的艺术风格,对我国古代以思妇、游子为题材的抒情诗的发展有着重大的影响。所选原为第三首,是思妇诗。作品首先追叙初别,接写路远会难,以倾诉相思之苦,终以强作慰勉语作结。全诗语重心长,委曲婉转,如话家常,而情真意实,生动表现出那个动荡年代家庭妇女的朴实感情和合理愿望。

2　行行重行行:不停地走。重:又。

3　生别离:活生生地分开。用《楚辞·九歌·少司命》"悲莫悲兮生别离"语意。

4　天一涯:天一方。

5　阻且长:路途艰险而又遥远。用《诗经·国风·蒹葭》:"所谓伊人,在水一方;溯洄从之,道阻且长"语意。

6　胡马:北方所产的马。依:依恋。全句意为胡马南来后仍依恋北风。

7　越鸟:南方的鸟。全句意为越鸟北飞后仍筑巢于南向的树枝。"胡马"二句以禽兽喻人,物尚如此,何况人乎!

8 远:长久。

9 缓:宽松。全句意为人由于相思过度而日渐消瘦,使衣带愈来愈松。

10 浮云蔽白日:已见秦嘉诗注。这里是暗示游子不回家有着客观的阻碍。

11 不顾返:不想着回家。顾:念。

12 岁月忽已晚:一年又很快地过去了。

13 弃捐:抛弃、丢开。不复陈:不必再说了。全句意为这些话都丢开不说了。

14 努力加餐饭:是当时慰勉别人的通用语,希望在外的人自己保重。

15 这首诗原为第八首,写女子新婚与丈夫久别的愁怨。全诗多用比兴,但较之《国风》则以委婉含蓄胜,在质朴中见工丽,在自然中见精巧,正如陈祚明所说:"《十九首》善言情,惟是不使情为径直之物,而必取其宛曲者以写之,故言不尽而情则无不尽。后人不知,但谓《十九首》以自然为贵,乃其经营惨淡,则莫能寻之矣。"(《采菽堂古诗选》)

16 冉冉:柔弱下垂的样子。孤生竹:孤独无依的竹子。

17 泰山:即太山,太、大,古通用,犹言大山、高山也。阿(ē):山坳。"冉冉"二句是比兴手法,比喻妇女托身于君子。

18 兔丝:一种细弱蔓生的植物,这是女子自比。女萝:松萝,也是一种细弱蔓生的植物,用以喻女子之丈夫。全句是以兔丝、女萝的缠绕喻夫妇情意的缠绵。

19 生有时:指兔丝花开有定时。

20 会:相聚。宜:适当的时间。

21　悠悠：遥远貌。山陂（bēi）：山水。陂：水泽，这里泛指江河。"千里"二句大意是：离家远嫁，本非易事，婚后又不能相聚，远隔山河。

22　轩车：有屏障的车子，古代大夫以上官员所乘。此指丈夫乘以归来的车子。

23　蕙兰：两种香草名。女子自喻。

24　含：指花初开而未尽开的神态。英：花。女子喻己正值青春盛颜之时。

25　萎：凋谢。"伤彼"四句是自伤之词，而以比兴手法表现。

26　亮：同谅，想必。高节：高尚的节操，指守志不渝。

27　贱妾：女子谦称。"君亮"二句大意是：你想必会守志不渝的，那我又何必自伤自怨呢。这是女子自慰之词。

28　这首诗原为第十八首，写思妇接到丈夫的赠物，内心充满了爱情的喜悦。通过裁绮为被的细节和谐音双关的手法，把这一喜悦表现得浓烈、深挚，给人以深刻的印象。

29　遗（wèi）：赠送。一端：半匹，古代以四丈为一匹。绮（qǐ）：有花纹的丝织品。

30　尚尔：还是如此。

31　文采双鸳鸯：指绮上的图案。

32　合欢：植物名。又称"合昏"、"夜合"、"马樱花"。叶子是羽状复叶，一大叶由数个小叶组成。小叶夜晚自合，故名"合欢"。合欢被，指被上现出的合欢花图案，象征夫妻和合欢乐。

33　著（zhù）：在衣被中填充丝绵。长相思：指丝绵絮。"思"与"丝"谐音，"长"与"绵绵"同义，故以长相思代丝绵。魏晋以后民歌多用此法。

34　缘：沿边装饰。结不解：以丝缕作结，不能解开，用以象征爱情的牢固永恒。

35　别离：犹言分开、拆散。此：指爱情。

明　陈道复　合欢葵图卷

留别妻[1]

[汉]

苏 武

结发为夫妻[2],恩爱两不疑。
欢娱在今夕,嬿婉及良时[3]。
征夫怀往路,起视夜何其[4]?
参辰皆已没[5],去去从此辞[6]。
行役在战场[7],相见未有期。
握手一长叹,泪为生别滋[8]。
努力爱春华[9],莫忘欢乐时。
生当复来归,死当长相思。

注释

1 梁萧统所编《文选》中有七首诗,分别题为"李少卿(陵)与苏武诗"(三首)、"苏少卿(武)诗"(四首),历来对它们的真伪都有争论,合称苏李诗。根据近人研究结果,这些作品均系后人托名之作,其情形与《古诗十九首》相似,产生于东汉末年,作者已不可考。这首诗选自题为苏少卿诗的第三首,诗题从《玉台新咏》,写丈夫应征入伍与妻子离别时的感情。

2 结发:指男女初成年时。古代男子年二十,束发加冠;女子年十五,束发加笄,表示成年。

3 嬿婉:愉悦和谐。

4 夜何其:是夜间什么时候了。语出《诗经·小雅·庭燎》"夜如何其?"其:语尾助词,无意义。

5 参(shēn)辰:二星名,分在东方、西方。全句意为星星都看不到了,天快亮了。

6 去去:越离越远,表示决绝的意思。

7 行役:奉命远行。

8 生别:活着相别。滋:益、愈多。

9 春华:喻指少壮之时。

赠从弟三首（选一首）[1]

[三国·魏]
刘　桢

亭亭山上松[2]，瑟瑟谷中风[3]。

风声一何盛[4]，松枝一何劲！

冰霜正惨凄[5]，终岁常端正。

岂不罹凝寒[6]，松柏有本性。

注释

1　作者刘桢是"建安七子"之一，他的诗刚劲挺拔，注重气势，不尚雕琢。这首诗以不畏风霜的松柏喻其从弟，是赞美，也是勉励，希望他能坚贞自守，不因外力而改变自己的本性。
从弟：堂弟。
2　亭亭：孤高直立的样子。
3　瑟瑟：寒风声。
4　一何：何其、多么。
5　惨凄：严酷。
6　罹（lí）：遭遇。凝寒：严寒。

赠秀才入军十八首（选二首）[1]

[三国·魏]
嵇 康

一[2]

浩浩洪流[3]，带我邦畿[4]。
萋萋绿草[5]，奋荣扬辉[6]。
鱼龙瀺灂[7]，山鸟群飞。
驾言出游[8]，日夕忘归。
思我良朋[9]，如渴如饥。
愿言不获[10]，怆矣其悲[11]。

二[12]

息徒兰圃[13]，秣马华山[14]。
流磻平皋[15]，垂纶长川[16]。
目送归鸿[17]，手挥五弦[18]。
俯仰自得[19]，游心太玄[20]。
嘉彼钓叟[21]，得鱼忘筌[22]。

郢人逝矣[23]，谁可尽言。

注释

1　作者嵇康是曹魏后期著名文学家，与阮籍、刘伶等人为友，时人谓之"竹林七贤"。这一组诗是作者赠送给他哥哥嵇喜的。公元255年，司马氏废掉齐王曹芳，毋丘俭、文钦举兵讨伐，嵇喜随军以助司马氏。嵇康的政治倾向与其兄不同，性格亦不同，但由于嵇康是由嵇喜抚养成人的，他们兄弟之间确实存在着深厚的感情，这里选录的两首（其十三、十四），都是这种感情的流露。嵇康在文学上的成就，诗不如文，以诗而论，四言高于五言。陈祚明说："叔夜（嵇康字）实开晋人之先，四言中饶隽语，以全不似《三百篇》，故佳。"（《采菽堂古诗选》）秀才：指其兄嵇喜。秀才是当时地方向中央推荐人才的科目之一，嵇喜曾被推举为秀才，任卫军司马。

2　这首诗表现了他对哥哥的怀念和个人的孤单寂寞。刘履在《选诗补注》中说："此叔夜自叙其与秀才别后之情，言见洪流尚萦带而相依，绿林且荣耀而悦人，鱼龙亦共聚而游，山鸟有群飞之乐，是以览物兴怀，思得同趣之人，相与游娱，以忘晨夕，今乃不获所愿，使我思之不已，至于伤悲也。"可供参考。

3　洪流：浩大的水流。此指黄河。

4　带：围绕。邦畿：国都的近郊。此指当时国都洛阳近郊。

5 萋萋：草木茂盛的样子。

6 奋荣：开花。

7 浟灂（chán zhuó）：鱼龙在水中出没的样子。

8 驾言：驾车。言，语气词，无意义。全句出自《诗经·国风·泉水》"驾言出游，以写我忧。"

9 良朋：指其兄。

10 愿言：思念深切的样子。语出《诗经·国风·伯兮》："愿言思伯，甘心首疾。"

11 怆（chuàng）矣：悲伤的样子。

12 这首诗中诗人想象其兄行军各地，休息时领略山水乐趣的自得情景，结尾引用《庄子》"匠石运斤"的故事，表现了诗人自嵇喜走后的寂寞怀念之情。"目送归鸿，手挥五弦"，向来被认为是描写离别思念形象传神的佳句。

13 徒：步兵、军队。兰圃：长满兰草的野地。全句意为军队在兰圃休息。

14 秣（mò）马：喂马。华山：有花草的山。

15 流磻（bō）：指射箭。磻：拴在箭后长丝绳后的石块，以防止箭被射中的鸟带走。平皋：平旷的草泽地。

16 垂纶：即垂钓。纶：系钓钩的丝线。

17 归鸿：南归的鸿雁。

18 五弦：五弦琴，似琵琶而略小。

19 俯仰：一举一动，随时随地。自得：自有所得，有所领悟。

20 太玄：道家所称的大道。全句意为心思游乐于天地自然的大道之中。

21 嘉：赞美。

22 筌（quán）：捕鱼的竹笼。全句出自《庄子·外物》"筌者所以在鱼，得鱼而忘筌；蹄（捕兔的绳套）者所以在兔，得兔而忘蹄；言者所以在意，得意而忘言。"得鱼忘筌是得意忘言的比喻，说明言论是表达玄理的手段，目的已达到，手段就不需要了。"嘉彼"二句是以赞美"得鱼忘筌"的钓叟，来赞美领悟了大道，"得意忘言"的嵇喜。

23 郢（yǐng）：春秋时楚国的都城，在今湖北江陵西北。逝：死去。《庄子·徐无鬼》中说：庄子在路过惠施的墓时，对他的从者讲了如下的故事："郢人垩（白土）漫其鼻端，若蝇翼，使匠石斲（削）之。匠石运斤成风，听而斲之，尽垩而鼻不伤，郢人立不失容。宋元君闻之，召匠石曰：'尝试为寡人为之。'匠石曰：'臣则尝能斲之。虽然，臣之质（意谓对手）死久矣。'"庄子最后感叹说："自夫人（指惠施）之死也，吾无以为质矣，吾无与言之矣。"诗人用这一典故是说自从嵇喜走后，自己再也找不到可以谈话的人了。表达了诗人对其兄的怀念之情。

悼亡诗三首（选一首）[1]

[晋]
潘 岳

荏苒冬春谢[2]，寒暑忽流易[3]。
之子归穷泉[4]，重壤永幽隔[5]。
私怀谁克从[6]，淹留亦何益[7]。
僶俛恭朝命[8]，迴心迫初役[9]。
望庐思其人[10]，入室想所历[11]。
帏屏无仿佛[12]，翰墨有余迹[13]。
流芳未及歇[14]，遗挂犹在壁[15]。
怅恍如或存[16]，迴遑忡惊惕[17]。
如彼翰林鸟[18]，双栖一朝只；
如彼游川鱼，比目中路析[19]。
春风缘隙来[20]，晨霤承檐滴[21]。
寝息何时忘[22]，沉忧日盈积。
庶几有时衰[23]，庄缶犹可击[24]。

注释

1　潘岳以善于写哀伤诗文著称。《悼亡诗》是其代表作。古代文人写诗悼念亡妻向以"悼亡"名篇,自潘岳始,以后成为悼念亡妻诗的专名,影响颇大。《悼亡诗》共三首,这里选其第一首,写妻子死后葬毕,自己准备赴任时的情景。人亡物在,触目惊心,感伤不已,有一份真情在,是这首诗的特点。

2　荏苒(rěn rǎn):时光逐渐流去。谢:代谢,相互交替。

3　流易:消逝、变换。"荏苒"二句大意是:时光消逝,时节变换,忽忽一年。

4　之子:那个人,指亡妻。穷泉:深泉,指地下。

5　重壤:层层土壤。幽隔:被阻隔在深邃的地下。幽:深邃。

6　私怀:心中怀念亡妻的哀伤之情。谁克从:能够向谁叙说。克:能够。从:随、顺,引申为向。语袭宋玉《神女赋》:"情独私怀,谁者可语"。

7　淹留:久留,指滞留家中。

8　俛俛(mǐn miǎn):勉强。朝命:朝廷的命令。

9　迴心:转念,指尽力从哀念亡妻的情绪中摆脱出来。初役:原任官职。"俛俛"二句大意是:勉强服从朝廷的需要,尽力摆脱哀伤情绪返回原来的任所。

10　庐:房屋、住宅。其人:指亡妻。

11　室:内屋。所历:指亡妻过去的生活。历:经历、经过。

12　帏屏:帐幔和屏风。仿佛:相似而不真切的形影。无仿佛:连仿佛的形影也看不到。《汉书·外戚传》称:李夫人卒,汉武帝"思念李夫人不已，方士齐人少翁言能致其神，乃夜张灯烛，设帷帐，陈酒肉，而令上（汉武帝）居他帐，遥望见妇女如李夫人之貌，还幄坐而步，又不得就视。"诗意与此有关。

13　翰墨：笔墨，这句是说亡妻生前所书写的文字尚存。

14　流芳未及歇：承"帏屏无仿佛"来，是说虽不能再见妻子的姿容，但却可以闻到妻子生前衣物散发的芳香。未及歇：还没有消逝。

15　遗挂犹在壁：承"翰墨有余迹"来，遗挂：即其妻生前书写的文字。犹在壁：还悬在墙壁上。

16　怅恍（huǎng）：神志恍惚。如或存：好像还活着。

17　迥遑：又作"周遑"，惶恐不安。忡（chōng）：忧。惕：惧。表现作者怀念亡妻的复杂心绪。以上八句，张玉穀在《古诗赏析》中说：写"将出未出，连流虚室，触目伤心景象。"

18　翰林鸟：振翅飞于林中之鸟。翰：羽翮。

19　比目：鱼名，《尔雅·释地》："东方有比目鱼焉，不比不行。"析：分开。以上四句以双栖鸟成单，比目鱼分离，来比拟作者妻亡后孤单忧伤之情。

20　缘：沿着。隙：此指门窗的缝隙。

21　霤（liù）：屋上流下来的水。承檐滴：顺着屋檐往下滴沥。

22　寝息：睡觉休息。全句意为无论何时都不能忘却妻亡的哀伤。

23　庶几：但愿，强作希望之词。衰：减退。

24　庄：指庄子。缶（fǒu）：瓦盆，古代的一种打击乐器。《庄子·至乐》称庄子妻子死了，他不但不哭，反而鼓盆而歌。"庶几"二句大意是：但愿自己的哀伤能够减退，能像庄子妻子死后，鼓盆而歌那样达观。是作者强作自慰之词。

娇女诗[1]

[晋]

左 思

吾家有娇女[2],皎皎颇白皙[3]。
小字为纨素[4],口齿自清历[5]。
鬓发覆广额[6],双耳似连璧[7]。
明朝弄梳台[8],黛眉类扫迹[9]。
浓朱衍丹唇[10],黄吻澜漫赤[11]。
娇语若连琐[12],忿速乃明懂[13]。
握笔利彤管[14],篆刻未期益[15]。
执书爱绨素[16],诵习矜所获[17]。
其姊字惠芳[18],面目粲如画[19]。
轻妆喜楼边[20],临镜忘纺绩[21]。
举觯拟京兆[22],立的成复易[23]。
玩弄眉颊间[24],剧兼机杼役[25]。
从容好赵舞[26],延袖象飞翮[27]。

上下弦柱际[28],文史辄卷襞[29]。
顾眄屏风画[30],如见已指摘[31]。
丹青日尘暗[32],明义为隐赜[33]。
驰骛翔园林[34],果下皆生摘[35]。
红葩缀紫蒂[36],萍实骤抵掷[37]。
贪华风雨中[38],眴忽数百适[39]。
务躐霜雪戏[40],重綦常累积[41]。
并心注肴馔[42],端坐理盘槅[43]。
翰墨戢闲案[44],相与数离逖[45]。
动为垆钲屈[46],屣履任之适[47]。
止为荼莍据[48],吹嘘对鼎钖[49]。
脂腻漫白袖[50],烟熏染阿锡[51]。
衣被皆重地[52],难与沉水碧[53]。
任其孺子意[54],羞受长者责[55]。
瞥闻当与杖[56],掩泪俱向壁[57]。

注释

1 以儿童生活为题材进行创作的,左思的《娇女诗》在我国是第一篇作品,从此以后描写小儿女的诗篇逐渐增多,其中著名的如陶渊明《责子》、杜甫《北征》中描写女儿的段落和李商隐《娇儿诗》,都明显地看到《娇女诗》对它们的启发作用。作者以自己的两个女儿为描写对象,写出了她们天真稚气、娇憨活泼的神态,表现了作者对她们的爱怜之情。形象逼真,幽默诙谐,亲切感人,这在男尊女卑、重男轻女的封建社会里是难能可贵的。

2 娇女:据《左棻墓志》所记,左思有两个女儿,长名惠芳,次名纨素。这里的娇女即左芳和左媛。

3 皎皎:光洁的样子。白皙:面皮白净。

4 小字:乳名,左媛,字纨素。

5 清历:清晰。

6 鬓发:复词偏义,实指头发。广额:宽广的额头。晋时女习尚广额、细眉。

7 连璧:一对美玉,形容双耳的白润。

8 明朝:清晨。弄梳台:在梳妆台前打扮。

9 黛:画眉膏,墨绿色。类扫迹:像扫帚扫过后的痕迹。形容其天真烂漫,随意涂抹。

10 浓朱:深红,指口红。衍:敷抹。

11 黄吻:即黄口,本指小孩,这里指小孩的嘴唇。澜漫:淋漓的样子。全句大意为用口红把嘴唇抹得红成一片。

12 连琐:一环扣一环,形容话说个不停。

13　忿速：恼火、发脾气。明懂（huò）：撒泼、蛮横、不讲道理。"娇语"二句是描写纨素平日撒娇时和发脾气时说话的两种情态，前者语如贯珠，娓娓动听，后者风风火火，尖利泼辣。

14　利：喜欢、贪爱。彤管：红漆管的笔，古代史官所用。此指好笔。

15　篆刻：指写字。期：希望。益：进步。"握笔"二句大意是：纨素写字喜欢用好笔，但又不是希望写字有长进。说明纨素写字只是为了好玩。

16　绨（tí）：厚绢。素：白色生绢。纸的发明和使用，东汉才开始，但作为书写材料，远不如用绢帛书写的美观。所以纨素翻弄书本，不是为了读书，而是因为喜欢那绨素，与"握笔利彤管"意同。

17　矜：自夸。全句意为纨素翻弄书本，遇到自己认识的字，就向别人夸耀。鲁迅1936年致母亲的信中说："他（指海婴）大约已认识了二百字，曾对男说，你如果字写不出来了，只要问我就是！"可以帮助理解这句诗的含意。以上写次女纨素。

18　惠芳：左芳，字惠芳，纨素的姐姐。

19　暞，音义同"粲"，美好的样子。

20　轻妆：淡妆，与其妹"黛眉类扫迹"不同，而是轻扫淡描。喜楼边：楼边向明，借光亮照镜子。

21　纺绩：纺纱织布。"轻妆"二句大意是：惠芳喜欢在楼边借着光亮化妆，只顾照镜子竟忘了纺绩。

22　觯（zhì）：酒器。"举觯"与文义不通。疑作觚（gū），一种写字用的笔。拟京兆：模仿张敞画眉。京兆：指张敞。张敞在汉宣帝为京兆尹，故称张京兆。张敞曾为妻子画眉，长安中传张京兆眉怃。

23 的:古代女子面额的装饰,用朱色点成。成复易:点额屡成屡改,表示认真。易:改换。

24 颊(jiá):面颊,脸的两侧。

25 剧:剧烈。兼:倍。机杼役:指织布的工作。"玩弄"二句大意是:惠芳修饰自己的面容,比织布还紧张。

26 从容:舒缓、从容不迫。赵舞:赵国的舞,古代赵国的歌舞很有名。全句意为喜欢舒缓的赵舞。

27 延袖:展袖。飞翮(hé):飞动的鸟翼。这句是描写惠芳的舞蹈姿态。

28 柱:琴瑟上架弦的木柱。

29 文史:指书籍。襞(bì):折叠。"上下"二句大意是:惠芳又喜欢拨弄琴瑟,常把文史书籍卷折起来,丢在一边。

30 顾眄(miǎn):视。屏风画:屏风上的绘画。

31 如见:看得不真切,仿佛看见。"顾眄"二句大意是:惠芳对屏风上的画图,还没有看清,就指手画脚地加以批评。形容小孩自作聪明,乱发议论。

32 丹青:指屏风上的画。日尘暗:年深日久,积满了灰尘而模糊不清。

33 明义:明显的意义。隐赜(zé):隐晦难辨。"丹青"二句大意是:画图上的意义,由于日久年深,为尘土所蒙蔽,已经难于看清楚了。以上写长女惠芳。

34 驰骛(wù):欢蹦乱跳。翔:奔跑。

35 果下:《玉台新咏》吴兆宜注引《魏志》称秽国出果下马,汉时恒献之。又《汉书·霍光传》颜注引张晏说:"汉厩有果下马,高三尺,以驾辇。"是指一种矮小的马。与此文义不合。疑果下犹言下果。下，用为动词，作摘取讲，今农村去瓜园摘瓜，又称下瓜。这句所描写的是惠芳姐妹在园林摘取果实，不管生熟乱摘一通。

36　红葩（pā）：红花。蒂：花与枝茎相连的地方。

37　萍实：泛指一般果子。骤抵掷：频频投掷。"红葩"二句大意是：采花时连茎一起折下来，摘下果实抛来抛去，相互嬉戏。

38　华：即花。

39　眒（shēn）忽：短暂的时间。适：往。"贪华"二句大意是：惠芳姐妹喜爱园中的花，虽在风雨中，一会儿工夫就跑去好多趟。

40　蹑（niè）：踩、踏。

41　重：复。綦（qí）：鞋带。"务蹑"二句大意是：冬天里，她们一定要在雪地里跑着玩，鞋弄湿了，很重，就用一道道带子把鞋子绑得紧紧的，防止脱落。

42　并心：专心。注：视。肴馔：饭菜。

43　盘楜：盘果。楜，同"核"。"并心"二句是说她们全神贯注地端坐着料理食品。

44　戢（jí）：收藏。闲案：书案（桌）。

45　离逖（tì）：远离。"翰墨"二句大意是：她们把笔墨收起来放在桌上，一起远离而去。

46　缶（fǒu）：音义同"缶"，古人用为乐器。钲（zhēng）：铙铎一类乐器。屈：屈服，这里指经不起诱惑。全句意为动辄为门外缶钲声所引诱。

47　屣（xǐ）履：拖着鞋。任：听凭。之适：往适。连同上句是说鞋子都顾不得穿好，就往外跑了。

48 荼菽:荼,苦菜;菽,豆类。这里泛指食物。据:按也,以手按地。

49 鼎䥶(lì):古代的烹饪器。"止为"二句大意是:她们因为煮着的食物不熟,双手按地,俯下身体不住对着炉子吹火。

50 脂腻:油腻。漫:染污。

51 阿锡:指惠芳、纨素的衣服料子。阿,细缯;锡,通"緆",细布。"脂腻"二句是说她们常在炉灶下吹火,穿的衣服都被油腻和烟弄脏了。

52 衣被:指衣服。重地:指衣服上的花纹的底色被油污烟薰,变得五颜六色。地:质地。

53 难与沉水碧:难以浸入碧水之中洗涤干净。水碧,疑为碧水的倒文。

54 孺子:儿童的通称。

55 长者:年长者。"任其"二句是说她们平时任性惯了,大人稍加督责,就接受不了。

56 瞥闻:才闻、忽闻。当与杖:应当受到棒责。

57 掩泪俱向壁:都掩面向着墙壁哭泣。以上合写二女。

责　子[1]

[晋]

陶渊明

白发被两鬓[2]，肌肤不复实。

虽有五男儿[3]，总不好纸笔。

阿舒已二八[4]，懒惰故无匹[5]。

阿宣行志学[6]，而不爱文术。

雍端年十三[7]，不识六与七。

通子垂九龄[8]，但觅梨与栗。

天运苟如此[9]，且进杯中物[10]。

注释

1　鲁迅先生说："陶潜正因为并非浑身是静穆，所以他伟大"（《题未定草六》）。我以为这主要是指他的诗文创作处处有真性情的流露，所谓"此翁岂作诗，直写胸中天"（元好问《继愚轩和党承旨雪诗》）。在《陶渊明集》中除这首诗外，

还有《命子》诗一首和《与子俨等疏》涉到亲子关系。《命子》中有"厉夜生子,遽而求火"句,是用《庄子·天地》的故实,大意是长癞病的人,夜半生子,急忙点起灯火仔细观看,惟恐生下的孩子也像自己一样。陶渊明借以表明不愿自己的儿子也像自己一样的寡陋,但却生动地表现了父母亲在自己的孩子即将诞生时的忐忑心情。《与子俨等疏》写于晚年,对自己的儿子叙说自己生平,提出对他们的希望,深挚恳切,恰如家人父子话家常,后人常于此处或告以孝悌忠义,或期以荣宗耀祖,每每令人生厌。《责子》写于其长子十六岁时,作者时年四十四。(此据王瑶编注《陶渊明集》编年)名为"责子",实为对自己儿子慈爱戏谑的一种表现。他在《止酒》中说:"好味止园葵,大欢止稚子",他是把自己的欢乐都寄托在自己孩子身上,又何责之有。

2　"白发"二句:作者自道自己的身体状况。

3　五男儿:陶渊明共有五个儿子:俨、俟、份、佚、佟。诗中所记的则是他们的小名,分别为舒、宣、雍、端、通。

4　阿舒:即长子俨。二八:十六岁。

5　故:同"固"。无匹:无比。

6　阿宣:即次子俟。行:将要。志学:指十五岁,语出《论语·为政》"子曰:'吾十有五而志于学……'。"

7　雍端:即三子份、四子佚,二人同年,疑为孪生兄弟。

8　通:即五子佟。垂九龄:将近九岁。

9　天运:天命。

10　杯中物:指酒。

南行别弟[1]

[唐]
韦承庆

澹澹长江水[2],悠悠远客情。
落花相与恨,到地一无声[3]。

注释
---

1 作者韦承庆,武则天时人。因依附张易之,流放去岭南,这首诗是与弟别离时所作。江水与落花本是无情之物,而作者赋予了它们以人的感情,参与了作者离愁别恨的抒发,这就使不易为人感知的抽象内在的事物变为具体、生动的形象,让人感到亲切、新鲜。
2 澹(dàn)澹:水波动的样子。
3 一:竟、乃。一无声:竟然没有声响。

塞上寄内[1]

[唐]

崔融

旅魂惊塞北[2],归望断河西[3]。

春风若可寄,暂为送兰闺[4]。

注释
---

1 愿把自己对妻子思念化作和煦的春风,萦绕在妻子居室的周围,去温暖妻子的身心。想象新奇。用"若"字,说明这只是个人的愿望而无法实现,更突出了诗人感伤情绪。不用愁苦字面,而愈显其愁苦,短短十个字,把诗人感情的细腻、复杂淋漓尽致地表现出来了。后来李白写给王昌龄"我寄愁心与明月,随风直到夜郎西"的名句,似从此化出。内:旧时称自己妻子为内人,内子。

2 塞北:泛指我国北部边境地区。

3 河西:唐方镇名,辖境相当于今甘肃河西走廊,所在凉州(今甘肃省武威市)。"旅魂"二句诗人自叙自己的处境,大意是:荒漠的塞北使初到这里的人心惊胆颤,自己远在凉州,断绝了归乡的希望。

4　兰闺：犹言香闺，泛指妇女的居室，这里特指自己妻子的居室。

| 延伸阅读 |

西厢记 选段

张　生

月色溶溶夜，花阴寂寂春；
如何临皓魄，不见月中人？

崔莺莺

兰闺久寂寞，无事度芳春；
料得行吟者，应怜长叹人。

洗然弟竹亭[1]

[唐]

孟浩然

吾与二三子[2],平生结交深。

俱怀鸿鹄志[3],共有鹡鸰心[4]。

逸气假毫翰[5],清风在竹林[6]。

达是酒中趣[7],琴上偶然音[8]。

注释

1 这首诗写作者与兄弟们在竹亭聚会,一起赋诗、饮酒、弹琴,表现了兄弟间志同道合、友爱相处的情景。洗然:作者的兄弟。
2 二三子:语出《论语·述而》"二三子以我为隐乎?"这里指他志同道合的几个兄弟。从他的《入峡寄弟》"吾昔与汝辈,读书常闭门"可以知道,作者在早年隐居襄阳,曾与他们几位兄弟闭门读书。
3 鸿鹄志:远大的志向。《史记·陈涉世家》"……陈涉太息曰:'嗟乎,燕雀安知鸿鹄之志哉?'"
4 鹡鸰心:兄弟互相关切的心意。见前《诗经·小雅·常棣》

注。

5　逸气：高雅的心志。假：凭借。毫翰：指毛笔。假毫翰：用笔墨表达出来，指作诗文。

6　清风：清凉的风。实写眼前景物，也暗喻人的清高品德。竹林：照应题目"竹亭"，也是借阮籍诸人作竹林之游以自况。作者的《听郑五愔弹琴》中有"阮籍推名饮，清风满竹林"句，可资参证。"逸气"二句写兄弟竹亭聚会，赋诗以相娱悦的情景。

7　达：旷达。全句是说饮酒可少忧愁而使人旷达。

8　琴上偶然音：偶然兴起，便随意弹弹琴。

明　陆治　竹林长夏图

入峡寄弟[1]

[唐]
孟浩然

吾昔与汝辈[2],读书常闭门,
未尝冒湍险[3],岂顾垂堂言[4]!
自此历江湖,辛勤难具论[5];
往来行旅弊[6],开凿禹功存[7]。
壁立千峰峻,潈流万壑奔[8];
我来凡几宿,无夕不闻猿[9]。
浦上摇归恋[10],舟中失梦魂[11];
泪沾明月峡[12],心断鹡鸰原[13]。
离阔星难聚[14],秋深露易繁,
因君下南楚[15],书此寄乡园[16]。

注释

1　孟浩然乘船逆江而上，经三峡入巴蜀（今四川），限于当时的交通条件，其艰险程度是可以想象的。作者正是把旅途之所见与昔日兄弟闭门读书的情景联系在一起，抒写自己思乡忆弟之情，而倍感真切动人。古代文人常以诗代束，此是一例。

2　汝辈：指孟洗然等诸兄弟。

3　湍（tuān）：急流。

4　垂堂：阶前檐下之地。古谚："家累千金，坐不垂堂。"（《史记·司马相如列传》）是说富家子弟，不坐在阶前檐下，怕屋瓦掉下来打破头。这句承前三句，大意为以前在家读书，未历风险，不理会"坐不垂堂"这句话的意义。

5　难具论：难于尽述。

6　弊：困顿、疲劳。

7　开凿禹功存：大禹开凿三峡，疏通江水的功绩，至今犹存。

8　漎（cóng）：汇入大江的许多支流。壑（hè）：山沟。"壁立"二句是写三峡两岸，崖壁陡峭，山峰高耸，众多支流，奔注江中。

9　无夕不闻猿：每天晚上都听到猿猴的鸣叫声。按《水经注·江水》有一段关于三峡的描写，其中引渔者歌曰："巴东三峡巫峡长，猿鸣三声泪沾裳！"可资参考。

10　浦：水口。摇归恋：引动归思。

11　失梦魂：有魂于梦中返回故乡意。似化用《楚辞·九章·抽思》"惟郢路之辽远兮，魂一夕而九逝"意。魂于舟中失之，而往来于返回故乡之途中。

12　明月峡：在四川巴县境，峡前南岸壁高四十丈，其壁有圆孔，形若满月，故名。全句意为因见峡名明月，因思与家人团聚，不觉泪下。

13　鹡鸰原：语出《诗经·小雅·常棣》"脊令在原"。全句意为见原野上有鹡鸰，而引起思念兄弟之情，不觉伤心。

14　离阔：阔别，远别。星难聚：似天上的星斗难得相聚。《异苑》载后汉陈寔与诸子侄共访荀淑父子，时德星聚。太史奏曰：五百里内有贤人聚。星聚，出此典故。

15　君：指作者托寄诗与诸弟之人。南楚：指江陵、襄阳一带，作者的故乡。

16　书此：写了这首诗。

清　袁耀　巫峡秋涛图

九月九日忆山东兄弟[1]

[唐]

王　维

独在异乡为异客,每逢佳节倍思亲。
遥知兄弟登高处,遍插茱萸少一人[2]。

注释

1　这首诗是写节日思亲情意的名篇。九月九日:即重阳节,古时人在这一天要外出登高并举行宴会。山东兄弟:王维原为太原祁(今山西省祁县)人,后迁居蒲州(今山西省永济县)。蒲州在华山东面,所以王维称他在故乡的兄弟为山东兄弟。

2　茱萸(zhū yú):乔木名。古人重阳登高,将茱萸插在头上,据说能辟邪、御寒。少一人:指作者未能与兄弟们一起登高。"遥知"二句写作者想象家乡兄弟们登高的情景,借以表达对亲人的殷切思念。

寄东鲁二稚子[1]

[唐]

李 白

吴地桑叶绿[2],吴蚕已三眠[3]。
我家寄东鲁,谁种龟阴田[4]?
春事已不及,江行复茫然[5]。
南风吹归心,飞堕酒楼前[6]。
楼东一株桃,枝叶拂青烟。
此树我所种,别来向三年[7]。
桃今与楼齐,我行尚未旋[8]。
娇女字平阳,折花倚桃边。
折花不见我,泪下如流泉。
小儿名伯禽,与姊亦齐肩。
双行桃树下,抚背复谁怜[9]?
念此失次第[10],肝肠日忧煎。
裂素写远意[11],因之汶阳川[12]。

注释

1　李白在唐玄宗天宝三载（744）离开长安后，以东鲁（今山东省兖州市一带）和梁园（今河南省开封市一带）为中心，开始了为时十二年的漫游生活。他的妻子许氏早卒，为他留下了两个孩子——女儿平阳和儿子伯禽。这首诗据诗题下所注"在金陵（今江苏省南京市）作"及诗中所叙"别来向三年"，是离开东鲁三年没有回去，写给留在东鲁的两个儿女的。诗中抒发了他对自己儿女的思念之情，"南风吹归心，飞堕酒楼前"，诗人这一大胆想象，把这种思念之情表现得十分真挚而热烈，也是作者浪漫主义诗风的体现，作者《闻王昌龄左迁龙标遥有此寄》中有"我寄愁心与明月，随风直到夜郎西"句，在艺术手法上与此有一致之处。

2　吴地：金陵春秋时属吴国。

3　三眠：蚕在蜕皮时卧而不食称眠。蚕凡四眠即结茧。三眠，是说蚕将老，春已深。以上二句点明作者写这首诗的地点和季候。

4　龟阴：龟山之北。龟山，在今山东省新泰市西南。龟阴田：指作者在东鲁的田地。

5　江行：当时金陵至东鲁有运河相通，故称江行。"春事"二句大意是：春耕的事已来不及料理，而今后的归期也茫然无定。

6　酒楼：李白在东鲁置有一些田产，并筑有酒楼，唐以后历代诗人有题咏，清汪琬《李太白酒楼歌》"任城酒楼高插天，楼东桃树非昔年。"

7 向三年：快到三年。向：近。

8 旋：还、归。

9 抚背：抚摩其背，长辈对晚辈的一种爱抚动作。全句意为有谁抚摩平阳、伯禽的背，怜爱他们呢。

10 失次第：心情不平静，失去常态。

11 裂素：犹言裁纸。素：白绢，古人常用以书写。

12 汶阳川：即汶水，发源于山东莱芜，经泰安、东平、汶上入溶水。

现代　傅抱石　李太白像

南流夜郎寄内[1]

[唐]
李白

夜郎天外怨离居[2],明月楼中音信疏[3]。
北雁春归看欲尽,南来不见豫章书[4]。

注释

1　唐肃宗乾元元年(758),李白因为参加李璘幕府被流放夜郎(今贵州省正安县一带)。这首诗是在他流放途中写给妻子宗氏的。内:妻子。见崔融《塞上寄内》注1。
2　天外:天边之外,指极远的地方。怨离居:因离别而感到悲伤。《古诗十九首》"同心而离居,忧伤以终老。"
3　疏:稀疏,很少。"夜郎"二句是写途中孤苦寂寞的情景。
4　豫章:泛指今江西省。此时,他妻子宗氏住在豫章。"北雁"二句是借用鸿雁传书的传说,说他看尽了春天自南方飞归的大雁,也盼不到豫章寄来的家信。诗人正是借此抒发了他急切盼望亲人书信的痛楚心情。

月　夜[1]

[唐]

杜　甫

今夜鄜州月[2],闺中只独看[3]。

遥怜小儿女,未解忆长安[4]。

香雾云鬟湿[5],清辉玉臂寒[6]。

何时倚虚幌[7],双照泪痕干。

注释

1　杜甫作为一位伟大的诗人,其引人注意处是多方面的。他的抒写夫妻、兄弟、父子之情的诗歌,较之唐代其他诗人,数量是多的,而作品所表现感情的真挚深切,也是他同时代诗人所不及的,这也是杜甫常为人们所注意的一个方面。《月夜》写于唐肃宗至德元载(856)秋,其时他的妻子在鄜州,而自己则为安史叛军所俘,困于长安。月夜中,举头望月,引起了他对妻子的思念,写下了这首名作。《月夜》在写法上也很有特点,现录王嗣奭《杜臆》所论供参考:"公本思家,偏想家人思己,已进一层;至念及儿女不能思,又进一层。

鬟湿臂寒,看月之久也,月愈好而情愈增,语丽情悲。末又想到聚首时,对月舒愁之状,词旨婉切,见此老钟情之至。"

2　鄜(fū)州:今陕西省富县。

3　闺中,闺中人,指妻子。

4　忆长安:想念在长安的杜甫。

5　香雾:由于妻子头发上散发出的香味,联想夜雾也香了。云鬟(huán):形容头发稠密蓬松。

6　清辉:指月光。"香雾"二句写想象中妻子夜深不寐,独自望月怀人的情景。

7　虚幌:轻薄透明的帷幕。"何时"二句大意是:什么时候才能两人一同倚帷望月,让月光照干泪痕呢!

清　佚名　美人图(观鹊)

得舍弟消息二首[1]

[唐]
杜 甫

一

近有平阴信[2],遥怜舍弟存。

侧身千里道[3],寄食一家村[4]。

烽举新酣战,啼垂旧血痕[5]。

不知临老日[6],招得几人魂[7]。

二

汝懦归无计[8],吾衰往未期[9]。

浪传乌鹊喜[10],深负鹡鸰诗[11]。

生理何颜面[12],忧端且岁时[13]。

两京三十口[14],虽在命如丝[15]。

注释

1 这也是在肃宗至德元载,杜甫被困于长安时所作。兄称弟为"舍弟",犹称兄为"家兄",称父为"家父"。杜甫有弟四人,不知得到的书信来自何人。

2 平阴:今山东省平阴县。

3 侧身:战乱中,不敢走大道。

4 寄食:依附他人而生活。一家村:指平阴荒僻的村庄,其弟寄身之地。

5 "烽举"二句:写战乱的情景:酣战曰新,见杀伐未已;血痕曰旧,见战乱已久。

6 临老:临终、临死。

7 招得几人魂:连同上句是说,到我临终之时,还不知要为弟兄们招几回魂。生死未卜,相聚无望,语极沉痛。以上第一首,写初得消息,怜弟及自伤的心情。

8 懦:懦弱。归无计:没有办法归来。

9 衰:衰老。往未期:不能往。

10 浪传:空传。乌鹊喜:旧时以乌鹊鸣叫为喜兆,《西京杂记》"乾鹊噪而行人至。"这一句承第一句,弟不能归,空传乌鹊之喜。

11 深负鹡鸰诗:作者自责,完全辜负了《常棣》诗兄弟之间要互相救难的教育,这一句承第二句。

12 生理:生活、谋生之道。何颜面:言憔悴不堪。

13 忧端:犹言忧患、忧伤。全句意为忧伤与年月同在,无时不忧伤。

14　两京：弟之家口在东京陆浑庄，杜甫家小在鄜州，属西京（长安）。三十口：合杜甫和其弟之家属而言。

15　虽在命如丝：虽不死而如丝之欲断，形势极为危险。

现代　傅抱石　杜甫像

月夜忆舍弟[1]

[唐]
杜 甫

戍鼓断人行[2],边秋一雁声[3]。

露从今夜白[4],月是故乡明[5]。

有弟皆分散,无家问死生[6]。

寄书长不达,况乃未收兵[7]。

注释
---

1 这首诗写于唐肃宗乾元二年(759),时作者流寓秦州(今甘肃省天水市)。杜甫有四弟:颖、观、丰、占。此时惟占相随,其他分散于山东、河南。
2 戍鼓:戍楼上的更鼓,更鼓一敲示夜深。断人行:无行人来往。
3 边秋:边塞的秋天。一雁:即孤雁。古人以雁行喻兄弟,说一雁,已含兄弟离散之意。"戍鼓"二句写战乱之秋,肃杀之气。
4 露从今夜白:写自然时序,诗或作于白露节夜晚,故说露从今夜白。

5　月是故乡明：露，无时不白；月，无处不明，前者虽然是写自然时序，但也是写作者的感受，而后者则更是表现了作者对故乡的思念之情。

6　无家：杜甫的老家在洛阳附近，毁于安史之乱，故曰无家。"有弟"二句是说，兄弟皆分散各地，而家又毁于战乱，谁生谁死都无问处。

7　未收兵：这年9月，史思明再次攻陷洛阳，10月又进攻河阳（今河南省孟州市），为李光弼所败。

现代　傅抱石　玄武湖月色

遣 兴[1]

[唐]

杜 甫

干戈犹未定,弟妹各何之[2]。
拭泪沾襟血[3],梳头满面丝[4]。
地卑荒野大[5],天远暮江迟。
衰疾那能久[6],应无见汝期[7]。

注释

---

1 唐肃宗乾元二年(759)七月,杜甫携家小由华州(今陕西省华县),经秦州(今甘肃省天水市)、同谷(今甘肃省成县),于这一年底,到达成都,依靠亲戚、朋友的帮助,在成都西郊浣花溪建筑了一座茅草屋住了下来。这首诗写于到达成都第二年(760)的春天,中原尚未恢复,兄弟离散,自己一家虽暂时安顿下来,却不能平息他对弟妹的怀念之情。诗题曰遣兴,借诗以自遣也。

2 弟妹:弟已见前注,妹,杜甫有妹,嫁韦氏,住钟离(今安徽省凤阳县),其丈夫早死,其子尚幼。各何之:都到哪儿去了。

3　拭泪沾襟血：言思弟妹之痛切，以至血泪沾襟。

4　满面丝：发落满面，言其多也，见己之衰老。

5　"地卑"二句：地势平缓，故见荒野之寥阔，天空高远，似觉江流迟缓。这两句写怀念弟妹时所见之景，有"念吾一身，飘然旷野"之感。

6　衰疾：既老且病。那能久：不能久留人世。

7　应无：大概没有。见汝期：一作"见汝时"。

| 延伸阅读 |

腊月二日携家城东观梅夜归（其四）

[宋]张　栻

仰看鸿雁思吾弟，连日清游只欠渠。

不知千里江南路，亦有梅花似此无。

元日示宗武[1]

[唐]

杜 甫

汝啼吾手战[2],吾笑汝身长[3]。

处处逢正月,迢迢滞远方[4]。

飘零还柏酒[5],衰病只藜床[6]。

训谕青衿子[7],名惭白首郎[8]。

赋诗犹落笔[9],献寿更称觞[10]。

不见江东弟[11],高歌泪数行。

注释
---

1 杜甫有儿有女,他的作品中有许多地方描写了儿女们的生活,他在《北征》中描写小儿女憨态的一段是很有名的,"瘦妻面复光,痴女头自栉。学母无不为,晓妆随手抹;移时施朱铅,狼藉画眉阔。生还对童稚,似欲忘饥渴。"可以明显地看到左思《娇女诗》的影响。在乱离逃亡之中,他的儿女也备受艰辛,杜甫内心甚为内疚,他在成都,以后在夔州(今

重庆市奉节县），生活虽较为安定，但国乱家贫，兄弟离散，时时牵动着他的心，而在子女身上，也表现出种种复杂的感情。这首诗写于唐代宗大历三年（768），杜甫一家住在夔州。在一年开始的时候，他看到自己儿子已经长大，亦可教育，内心是高兴的，但又感于时事艰难，自己年衰多病，白首无成，内心又充满悲哀，这首诗就是抒写这又喜又悲的心情。元日：正月初一。宗武：杜甫的次子，小名骥子。

2　手战：手颤抖，老年多病情态。

3　身长：长大。"汝啼"二句大意是：你为我手颤抖而伤心，我却因为你长大了而高兴。

4　迢迢：遥远的样子。滞：停留。

5　柏酒：古代风俗，以柏叶后凋耐久，因取其叶浸酒，元旦共饮，以祝长寿。全句意为虽身处飘零，尚有柏酒可饮。

6　藜床：藜制的床，清贫人家所用。

7　青衿（jīn）：学子之所服。青衿子：犹言读书人，指宗武。

8　白首郎：头发尽白还只作郎官（汉时宫廷侍卫中品秩较低者），汉时冯唐、颜驷都有此遭遇。杜甫用此自喻，表示年纪已老，而功业无成。

9　赋诗犹落笔：照应首句，是说自己写诗因手颤斗而握不住笔。

10　献寿：祝寿。称觞：举杯祝酒。全句承诗的第二句，说宗武已长大，知道对父母孝敬。

11　江东弟：指作者流落在长江下游的兄弟。

小儿垂钓[1]

[唐]
胡令能

蓬头稚子学垂纶,侧坐莓苔草映身[2]。
路人借问遥招手,怕得鱼惊不应人。

注释
---

1 胡令能,贞元元和年间人,莆田(今福建省莆田市)隐者,小手工者,以锻造铁钉等金属零件为业,世称"胡钉铰"。《全唐诗》存诗四首。这首诗通过小孩不肯回答路边行人的问话,只是远远地与之招手,表现了小孩垂钓时专注的情态,其情其景,宛如眼前,也从一个侧面反映了作者隐居民间,淡薄名利、闲适欢愉的心境。
2 映:此处作遮蔽讲。

游子吟[1]

[唐]

孟 郊

慈母手中线,游子身上衣。

临行密密缝,意恐迟迟归。

谁言寸草心[2],报得三春晖[3]。

注释

---

1 这是一首抒写母子情深的名篇,前四句写母爱,诗人选取母亲为儿子赶制衣裳的情景,以小见大,以偏概全,表现了深沉博大的母爱,后二句以寸草难以报答春日的恩德作比喻,抒发儿子对母亲的无限感激之情。孟郊一生清苦,科举途中颇多困顿,四十六岁才中进士,到了五十岁才得到了溧阳(今江苏省溧阳市)尉这样一个管一县治安的小官。诗题下作者自注:"迎母溧上作。"这首诗或即作者于溧阳尉任内作。以作者的年龄和经历来写对母爱的歌颂,不仅是发自内心的,而且是深有体会的,这就使这短短六句诗蕴含着丰富的人生体验和激情,使古往今来的万千读者产生强烈的共鸣。

2　寸草心：小草的嫩心。

3　三春晖：春天的阳光。春季三个月,故称春天为三春。

| 延伸阅读 |

母别子

[唐]白居易

母别子,子别母,白日无光哭声苦。

关西骠骑大将军,去年破虏新策勋。

敕赐金钱二百万,洛阳迎得如花人。

新人迎来旧人弃,掌上莲花眼中刺。

迎新弃旧未足悲,悲在君家留两儿。

一始扶行一初坐,坐啼行哭牵人衣。

以汝夫妇新燕婉,使我母子生别离。

不如林中乌与鹊,母不失雏雄伴雌。

应似园中桃李树,花落随风子在枝。

新人新人听我语,洛阳无限红楼女。

但愿将军重立功,更有新人胜于汝。

别舍弟宗一[1]

[唐]

柳宗元

零落残红倍黯然[2],双垂别泪越江边[3]。

一身去国六千里[4],万死投荒十二年[5]。

桂岭瘴来云似墨[6],洞庭春尽水如天[7]。

欲知此后相思梦,长在荆门郢树烟[8]。

注释

1 柳宗元因参加王叔文的改革活动,失败后被贬为永州(今湖南省永州市零陵区)司马,十年后调为柳州(今广西壮族自治区柳州市)刺史。这首诗写于元和十一年(816)春,他的堂弟柳宗一从柳州赴江陵(今湖北省江陵县),他怀着深厚的感情在诗中抒发了对自己不幸遭遇的悲愤,第三、四句写得尤其沉痛。
2 零落残红:花瓣凋零飘落。黯然:心情沮丧的样子。
3 越江:即粤江,此处指柳江。
4 去国:离开国都(长安)。六千里:长安距柳州的大约里数。

5　万死：经历许多磨难，极言其困苦。投荒：被贬于荒僻的地方。十二年：自永贞元年（805）被贬永州，到写这首诗恰好十二年。

6　桂岭：在今广西贺州市八步区东北部，这里泛指柳州附近的山。瘴：瘴气，指南方山林间的湿热雾气。

7　洞庭：洞庭湖，在柳宗一赴江陵途中。"桂岭"二句分写别后各自在柳州和途中所见的景色。

8　荆门：山名，在今湖北省宜都市西北。郢：春秋时楚国的都城，在今湖北省江陵县。荆门郢树：指柳宗一将要去的地方。"欲知"二句是说，今后我要想念你，就会常在梦中到江陵一带和你相见。

|延伸阅读|

游洞庭湖五首（其二）

[唐] 李　白

南湖秋水夜无烟，耐可乘流直上天？

且就洞庭赊月色，将船买酒白云边。

左迁至蓝关示侄孙湘[1]

[唐]

韩 愈

一封朝奏九重天[2],夕贬潮阳路八千[3]。
欲为圣明除弊事[4],肯将衰朽惜残年[5]。
云横秦岭家何在[6],雪拥蓝关马不前[7]。
知汝远来应有意,好收吾骨瘴江边[8]。

注释

---

1 元和十四年(819),韩愈上《论佛骨表》,触怒唐宪宗,被贬为潮州(今广东省汕头市潮阳区)刺史。这首诗是南行途中所作,作者在诗中向侄孙韩湘倾诉了自己忠而得罪的感慨和被贬后的忧伤心情。左迁:降职。蓝关:即蓝田关,又名峣关,在今陕西省蓝田县南。湘:韩湘,字北渚,韩愈之侄韩老成的长子。

2 一封朝奏:指韩愈的《论佛骨表》。在表中,韩愈谴责了由迎佛骨而引起的宗教迷信活动。九重天:借指皇帝居住的宫殿。

3 潮阳：即潮州。在今广东省。八千：八千里，长安至潮阳路程的估计数字。"朝奏""夕贬"，言得罪之速。

4 圣明：封建时代美化皇帝的说法。弊事：有害处的事，指迎佛骨的活动。

5 肯：犹言"岂肯"。惜残年：顾惜老年的生命，这时韩愈五十二岁。

6 秦岭：横贯陕西南部的山脉。这句是说离家愈远。

7 马不前：出古乐府《饮马长城窟行》"驱马涉阴山，山高马不前"。这句是说前途险恶。

8 瘴江边：指潮州，当时岭南一带江河多瘴气。这句是说自己将死于潮州。

| 延伸阅读 |

赠梦英大师

［宋］赵文度

携筇何日别长沙，凤篆功夫世所嘉。
秦岭夜吟残海月，章台春讲雨天花。
净瓶远贮湘潭水，片衲晴披岳面霞。
圣主有恩酬绝艺，帘前师号紫袈裟。

去岁自刑部侍郎以罪贬潮州刺史，乘驿赴任。其后，家亦谴逐。小女道死，殡之层峰驿旁山下。蒙恩还朝，过其墓，留题驿梁[1]

[唐]
韩愈

数条藤束木皮棺，草殡荒山白骨寒[2]。
惊恐入心身已病[3]，扶舁沿路众知难[4]。
绕坟不暇号三匝[5]，设祭惟闻饭一盘[6]。
致汝无辜由我罪，百年惭痛泪阑干[7]。

注释

1 这首诗表达了作为一个父亲，对因受自己的牵连而早夭女儿的沉痛悼念的心情。元和十四年（819），韩愈被贬潮州，随后他的家眷也被迫南迁，他的第四女名女挐（rú，又读 nú），途中病死，葬于层峰驿（今陕西省商县南郊），年仅十二岁。第二年（820），韩愈被赦还京，经过其墓，因有此作。长庆三年（823），韩愈将女挐的棺木迁回河南河阳（今河南省孟州市）韩氏墓地，作《祭女挐女文》《女挐圹铭》，具体叙述了女挐病死之经过，可参看。

2　草殡：草草殓埋。《祭女挐女文》："草葬路隅，棺非其棺。"

3　惊恐入心：韩愈遭贬时，女挐正在病中，为此受到震动和刺激。《祭文》："昔汝疾革（jí），值吾南逐。苍黄分散，使汝惊忧。"《女挐圹铭》："既惊痛与其父诀"。这句是作者追忆与女儿分别时的情形。

4　昇（yǔ）：意同舆。扶昇，即《祭文》所说的"扶汝上舆"、《圹铭》所说的"舆致走道"。这句是作者想象病女途中的情况。

5　绕坟：《礼记·檀弓下》记有延陵季子长子死，封墓后，季子绕坟三号（哭）事，当时古代一种礼节。这句是说由于自己被谴先行，女儿死时，自己不能"绕坟""号三匝"。

6　惟闻：听别人传说。这句是女挐死后祭奠时情况。饭一盘：祭品简陋，以见当时途行之迫促、艰难。

7　百年：犹言终生。阑干：纵横。泪阑干：泪流满面，纵横交错。

遣悲怀三首[1]

[唐]
元　稹

一

谢公最小偏怜女[2],嫁与黔娄百事乖[3]。
顾我无衣搜荩箧[4],泥他沽酒拔金钗[5]。
野蔬充膳甘长藿[6],落叶添薪仰古槐[7]。
今日俸钱过十万[8],与君营奠复营斋[9]。

二

昔日戏言身后意[10],今朝皆到眼前来。
衣裳已施行看尽[11],针线犹存未忍开[12]。
尚想旧情怜婢仆[13],也曾因梦送钱财。
诚知此恨人人有[14],贫贱夫妻百事哀[15]。

三

闲坐悲君亦自悲[16],百年都是几多时[17]。
邓攸无子寻知命[18],潘岳悼亡犹费词[19]。

同穴窅冥何所望[20],他生缘会更难期[21]。
唯将终夜长开眼[22],报答平生未展眉[23]。

注释
---

1 元稹在中唐与白居易齐名,世称"元白"。元稹的原配妻子韦丛是太子少保韦夏卿的小女儿。当时,他们生活虽然贫苦,但夫妻之间感情很好,然而他们在一起生活了六七年,韦丛于宪宗元和四年(809)病死,年仅二十七岁。元稹很是悲伤,写过许多悼亡诗,最有名的是这三首《遣悲怀》。这三首诗写得情真意切,而语言平易浅近,如话家常,这在有严格格律的律诗规范下是很不容易的。《唐诗三百首》编者说:"古今悼亡诗充栋,终无能出此三首范围者。勿以浅近忽之。"这正是《遣悲怀》的特点。

2 谢公:东晋宰相谢安,最爱其侄女谢道韫。这里借指韦夏卿,韦丛是他的小女儿,故以谢道韫比之。偏怜女:最疼爱的女儿。

3 黔娄:春秋时齐国的贫士,其妻也以贤明著称。作者自喻。乖:不顺利。

4 顾我:看到我。荩箧(jìn qiè):草编的箱子。

5 泥(nì):软求。他:指韦丛。

6 充膳:当饭。甘:心甘情愿。长藿(huò):豆叶。全句写韦丛不以贫寒为苦。

7 落叶添薪:以落叶为烧柴。仰:依仗。

8 俸钱：封建时代官吏之薪金。全句是说现在自己的官位已很高了，有哀伤自己妻子不能共享荣华之意。

9 营：办理。奠：祭品。斋：原指施舍食物与僧人，这里指宴请僧人为其妻超度亡魂。

10 戏言：开玩笑的话。身后事：关于死后可能遇到的情况。

11 施：给予别人。行看尽：看看快要完了。全句是说妻子的衣物差不多都已送给别人了。

12 针线：针线活，指妻子为自己亲手缝制的东西。全句是说还保存妻子亲手缝制的东西，可怕引起悲伤，不忍再打开了。

13 怜婢仆：怜爱婢女和仆人。

14 诚知：确实知道。此恨：指夫妻间的生离死别。

15 贫贱夫妻：贫困时结婚的夫妻。百事：事事。"诚知"二句大意是：虽然夫妻间生离死别是人人都要遇到的恨事，但一想到过去一同过的贫困生活，就更为妻子的早逝而无限悲哀。

16 悲君亦自悲：不但为你的早逝而悲伤，也为自己的遭遇而慨叹。

17 "百年"句：意谓失去了贤淑的妻子，即使自己活了一百岁，也算不了什么。

18 邓攸无子：见白居易《哭崔儿》注5。韦丛生了五个孩子，仅仅养活了一个女儿，故作者有此说法。寻知命：终究是命中注定，无法改变。

19 潘岳悼亡：已见前潘岳诗注。犹费辞：等于白说。全句意为像潘岳那样写了哀悼妻子的诗，又有什么用呢。

20 同穴：语出《诗经·王风·大车》，"穀则异室，死则同穴"，指夫妻合葬。窅（yǎo）冥：深邃渺茫。全句意为即使死后合葬一穴，但洞穴窅冥，也难通哀情。

21　"他生"句：意谓至于说来世再结姻缘，更是虚无缥缈，不可期待。

22　终夜长开眼：整夜整夜的不能安睡。又旧时称老而无妻者为鳏，而鳏又是鱼名，鱼一般不合眼，这句话意为自己像鳏鱼那样，一辈子不再结婚。

23　未展眉：从未展开眉头，是说韦丛从未有过快乐的日子。

| 延伸阅读 |

江城子·乙卯正月二十日夜记梦
[北宋] 苏　轼

十年生死两茫茫，不思量，自难忘。
　　千里孤坟，无处话凄凉。
纵使相逢应不识，尘满面，鬓如霜。
夜来幽梦忽还乡，小轩窗，正梳妆。
　　相顾无言，唯有泪千行。
料得年年断肠处，明月夜，短松岗。

自河南经乱,关内阻饥,
兄弟离散,各在一处。
因望月有感,聊书所怀,
寄上浮梁大兄、於潜七兄、
乌江十五兄,
兼示符离及下邽弟妹[1]

[唐]

白居易

时难年荒世业空[2],弟兄羁旅各西东。
田园寥落干戈后[3],骨肉流离道路中。
吊影分为千里雁[4],辞根散作九秋蓬[5]。
共看明月应垂泪,一夜乡心五处同[6]。

注释

1　这是一首战乱之后,思念散在各地兄弟姐妹的诗,"共看明月应垂泪,一夜乡心五处同",像一条无形的线把散在各地的亲人紧紧地聚合在一起了。河南经乱:唐德宗贞元十五年(799)二月,宣武节度使董晋死后,部下叛乱,接着申、光、蔡等州节度使吴少诚又叛乱,唐朝政府曾派兵去攻打。这些战事都发生在当时河南道境内,白居易家在河南新郑,势必受到影响。关内阻饥:唐关内道辖今陕西中部、北部及甘肃一部分,白居易祖墓所在地华州下邽(今陕西省渭南市),当年属关内道。阻饥:阻,艰难;饥,饥荒。语出《尚书·尧典》。浮梁:今江西省景德镇市,白居易的大兄白幼文任浮梁县主簿。於潜:今浙江省临安市,白居易七兄任该县尉。乌江:今安徽省和县,白居易十五兄任该县主簿。七兄、十五兄,都是白居易的堂兄。符离:今安徽省宿州市埇桥区符离镇,白居易家属在此居住,题中所言兄妹,可能和他都在符离。下邽:白居易祖墓所在地,亦有家人居住。以上五个地名,即诗中所言"五处"。这首诗大约作于唐德宗贞元十六年(800)秋天。

2　时难:即诗题所言之"河南经乱"。年荒:即诗题所言之"关内阻饥"。世业空:指白氏世代相传的家业已衰败。

3　寥落:零落、荒凉。干戈:喻战乱。

4　吊影:顾影自怜,言孤独至极。全句意为兄弟离散,如同形单影只的孤雁。古人常用"雁行"比喻兄弟。

5　九秋:秋天三个月,有九旬(九十天),故称九秋。蓬:草名,即飞蓬,秋天常连根拔起,随风飘转,古人诗文中常用以比拟旅人之行踪无定。

6　乡心：怀念故乡之情。诗人生长于河南新郑，每以河南为故乡。五处同：分散在五处的兄弟都同样怀念故乡。

|延伸阅读|

春　望

[唐]杜　甫

国破山河在，城春草木深。
感时花溅泪，恨别鸟惊心。
烽火连三月，家书抵万金。
白头搔更短，浑欲不胜簪。

赠　内 [1]

[唐]
白居易

漠漠暗苔新雨地[2],微微凉露欲秋天。
莫对月明思往事,损君颜色减君年[3]。

注释

1　白居易与杨氏结婚时已三十六七岁了,他写给妻子的诗,有好多首,说明他们的感情一直是很好的。他新婚后写的一首《赠内诗》,为五言古诗,诗中列举许多古代夫妻自甘淡泊、相敬相爱的事例,表明了作者"庶保贫与素,偕老同欣欣"的愿望,这与作者在一些创作中所表明的对恋爱、婚姻的进步思想是有联系的。这首诗表现了他对妻子的关心、体贴,"莫对月明思往事,损君颜色减君年",在劝慰中流露出多么细腻、深厚的感情。
2　苔:青苔,又名地衣。
3　君:对妻子的敬称。

九日寄行简[1]

[唐]
白居易

摘得菊花携得酒,绕村骑马思悠悠。
下邽田地平如掌[2],何处登高望梓州。

注释
---

1 王维《九月九日忆山东兄弟》,是为人所熟知的节日思亲的名篇,白居易这首诗在构思上翻用王维诗意,重九本应登高,而自己却无高可登,无法望远以寄情思,更增加了无限愁绪。行简:作者的弟弟,字知退,诗人兼传奇小说作家。唐宪宗元和九年(814)夏天,应剑南东川节度使卢坦之聘,到梓州(今四川省绵阳市三台县)。白居易当时在下邽(白居易于德宗贞元二十年迁回下邽)家中。
2 平如掌:喻土地之平坦如手掌之舒展。按下邽,今陕西渭南,处渭河平原,故有此说。

得行简书，闻欲下峡，先以诗寄[1]

[唐]

白居易

朝来又得东川信，欲取春初发梓州。

书报九江闻暂喜，路经三峡想还愁[2]。

潇湘瘴雾加餐饭[3]，滟滪惊波稳泊舟[4]。

欲寄西行迎尔泪，长江不肯向西流。

注释
---

1 这首诗作于唐宪宗元和十三年（818）冬，其时作者在江州（今江西省九江市），任江州司马。其弟白行简去梓州的第二年，作者也因直谏敢言，遭权贵忌恨，被贬往江州，兄弟分离已达五年之久。现在接到白行简的信，得知他将来江州，开始很感高兴，继而想到江行的险恶，又为弟弟旅途担心，生动地表现了他们兄弟之间的深厚的友爱之情。

2 三峡：指上起四川奉节下至湖北宜昌的瞿塘峡、巫峡、西陵峡，共约七百里，江岸悬崖峭壁，江流湍急，是长江上游行船最艰险的一段。

3　潇湘：湖南境内的两条河流，一般用为湖南地区的代称。瘴雾：山林或卑湿地区所蒸发的水蒸气，古人传说，不习惯的人过此，易生病。加餐饭：语出《古诗十九首》："弃捐勿复道，努力加餐饭。"是劝人勉进饮食，保重身体。

4　滟滪（yàn yù）：即滟滪堆，又称滟滪滩，在四川奉节东南瞿塘峡口之江水中，是长江三峡中著名险滩。

| 延伸阅读 |

观元丹丘坐巫山屏风

[唐]李　白

昔游三峡见巫山，见画巫山宛相似。

疑是天边十二峰，飞入君家彩屏里。

哭崔儿[1]

[唐]
白居易

掌珠一颗儿三岁,鬓雪千茎父六旬。
岂料汝先为异物[2],常忧吾不见成人[3]。
悲肠自断非因剑,啼眼加昏不是尘。
怀抱又空天默默[4],依前重作邓攸身[5]。

注释
---

1 白居易在五十八岁得了一个儿子,名叫阿崔。老年得子,自然欣喜万分,而视之如掌上明珠,白居易曾写诗表达了这种心情。但不幸,阿崔三岁病夭,于是作者又写了这首诗,"悲肠自断非因剑,啼眼加昏不是尘",可谓一字一泪,表达了他的不可抑止的伤痛之情。
2 异物:指死亡的人。
3 成人:长大。"岂料"二句应互倒,它的大意是:常常忧虑的是我看不到你长大成人,可没有料到你竟先我而死去。
4 默默:无声无息。天默默:天道无知。

5　邓攸：晋人，字伯道。逃乱渡江，路遇贼人，身边有一侄一子，度不两全，因其弟早亡，弃子存侄，后终无嗣，时人哀之曰："天道无知，伯道无儿。"白居易有女三人，早盼有个儿子，故生崔儿时写诗，其中有"常忧到老都无子，何况新生又是儿。阴德自然宜有庆，皇天可得道无知"等句，认为自己可以避免邓攸同样的命运。现在，儿子死了，所在他这首诗中埋怨天道之无知，而自己还要像从前那样，成为邓攸那样的人了。

| 延伸阅读 |

伤裴录事丧子

[唐] 王　勃

兰阶霜候早，松露岁台深。

魄散珠胎没，芳销玉树沉。

露文晞宿草，烟照惨平林。

芝焚空叹息，流恨满籝金。

西上辞母坟[1]

[唐]
陈去疾

高盖山头日影微,黄昏独立宿禽稀。

林间滴酒空垂泪,不见叮咛嘱早归。

注释
---

1 这是一首悼念母亲的诗。离家外出,亲人叮嘱,时刻不忘。作者的母亲已故去,临行祭坟辞行,景物苍茫凄凉,滴酒洒泪,再也听不到母亲叮嘱早归的话语,沉痛的心情是可以想象的。

幼女词[1]

[唐]
施肩吾

幼女才六岁,未知巧与拙。
向夜在堂前,学人拜新月。

注释

1　这是一首写小女孩天真情态的诗。旧时风俗,妇女于农历七月七日夜,在庭院中,结彩缕,穿七孔针,以求天帝赐以灵巧和智慧,谓之乞巧。诗人的小女儿才六岁,还不知巧拙是什么,也不了解这一活动的意义,出于好奇,也在夜里跟在大人的后面,向初出的月亮礼拜。透过这一描写,表现了诗人对自己的小女儿的爱怜之情。

夜雨寄北[1]

[唐]
李商隐

君问归期未有期[2],巴山夜雨涨秋池[3]。
何当共剪西窗烛[4],却话巴山夜雨时。

注释
---

1 诗题一作《夜雨寄内》,是寄给留在长安的妻子的。据冯浩《玉溪生年谱》,这首诗系于大中二年(848),当时作者正在湖北、四川一带旅行,正值秋雨绵绵,遥念亲人而归期难料,因有是作。李商隐写诗工于用典,比兴繁富,寄托遥深,使不少诗作晦涩费解,但这首诗语言平易,含蓄而不迂曲,清丽自然,真切感人,使之成为脍炙人口的名篇。

2 君:指作者妻子。全句意为你问我回家的日期,我还无法确定。

3 巴山:泛指四川境内的山。全句写眼前景物,点明作者做客的地点、季候。

4 何当:何时能够。剪烛:剪去烛花,使灯光明亮。"何当"二句大意是:什么时候才能回家,与你同坐西窗下,剪烛夜谈,再来回忆今夜我思念你的情景。

骄儿诗[1]

[唐]
李商隐

衮师我骄儿[2],美秀乃无匹。
文葆未周晬[3],固已知六七[4]。
四岁知姓名,眼不视梨栗[5]。
交朋颇窥观[6],谓是丹穴物[7]。
前朝尚器貌[8],流品方第一[9]。
不然神仙姿,不尔燕鹤骨[10]。
安得此相谓,欲慰衰朽质[11]。
青春妍和月[12],朋戏浑甥侄[13]。
绕堂复穿林,沸若金鼎溢[14]。
门有长者来[15],造次请先出[16]。
客前问所须,含意不吐实[17]。
归来学客面,闵败秉爷笏[18]。
或谑张飞胡[19],或笑邓艾吃[20]。

豪鹰毛崷崒[21],猛马气佶傈[22]。
截得青筼筜[23],骑走恣唐突[24]。
忽复学参军[25],按声唤苍鹘[26]。
又复纱灯旁,稽首礼夜佛[27]。
仰鞭胃蛛网[28],俯首饮花蜜。
欲争蛱蝶轻[29],未谢柳絮疾[30]。
阶前逢阿姊,六甲颇输失[31]。
凝走弄香奁[32],拔脱金屈戌[33]。
抱持多反侧[34],威怒不可律[35]。
曲躬牵窗网[36],略唾拭琴漆[37]。
有时看临书[38],挺立不动膝。
古锦请裁衣[39],玉轴亦欲乞[40]。
请爷书春胜[41],春胜宜春日[42]。
芭蕉斜卷笺[43],辛夷低过笔[44]。
爷昔好读书,恳苦自著述[45]。
憔悴欲四十[46],无肉畏蚤虱[47]。

儿慎勿学爷,读书求甲乙[48]。

穰苴司马法[49],张良黄石术[50]。

便为帝王师,不假更纤悉[51]。

况今西与北,羌戎正狂悖[52]。

诛赦两未成[53],将养如痼疾[54]。

儿当速长大,探雏入虎穴[55]。

当为万户侯,勿守一经帙[56]。

注释

1　李商隐的《骄儿诗》仿晋左思《娇女诗》,亦有翻用陶渊明《责子》诗义处。诗中生动地描绘出诗人的爱子——衮师天真活泼、聪明灵巧的形象,发展了这类作品以幽默诙谐、令人忍俊不禁为基调的传统写法。诗的末段写诗人对儿子的期望,是借此表现自己有才能而不为世用的感慨,使《骄儿诗》有了自己的特点,而为后来的研究者所重视。
2　骄儿:最宠爱的儿子,指诗中所说的衮(gǔn)师。
3　文葆:绣花的婴儿包被。葆:同"褓"。周晬(zuì):周岁。
4　固已知六七:翻用陶渊明《责子》"雍端年十三,不识六与七"。连同上句是说衮师未满周岁还在襁褓中时,就已知道六和七的数目。

5　眼不视梨栗：亦翻用陶渊明《责子》"通子垂九龄，但觅梨与栗"。连同上句是说，衮师四岁时，就认识自己的姓名，不再贪馋地注视梨栗等果品。

6　交朋：指作者的朋友。颇窥观：很注意观察衮师。

7　丹穴物：指凤凰。《山海经》说丹穴山产凤凰。这里用来比喻衮师，谓其人才出众。从"谓是"至"燕鹤骨"都是朋友称赞衮师的话。

8　前朝：指魏晋南北朝。尚器貌：注重器宇相貌。

9　流品：等级。方：比。"前朝"二句是说如果衮师生在注重仪表风度的前朝，一定会被评为第一流的人物。

10　燕鹤骨：旧时人迷信相术，认为"燕颔鹤步（下巴似燕，走路像鹤）是贵相。"不然"二句也是赞扬衮师的话，要不说他风度潇洒似神仙，要不就夸他骨相不凡。

11　衰朽质：衰弱多病的人，指作者本人。"安得"二句大意是：怎么能这样夸赞衮师呢？不过朋友们想以此安慰我这衰弱多病的人罢了。以上第一段叙说衮师的聪慧和朋友对他的夸赞。

12　青春妍和月：美丽温和的春月。

13　浑：意同混，混杂。全句意为孩子们结伴游戏，不分舅甥叔侄，辈分高低。

14　金鼎：古代用来煮食物的铜鼎。全句是说孩子们奔跑喧闹，就像开了锅似的。

15　长者：长辈，指来访的客人。

16　造次：仓卒，匆匆忙忙。全句意为衮师急急忙忙地抢着出去迎客。

17 含意：隐藏本意，故意。"客前"二句是：客人问他想要什么，他故意不说真实的想法。

18 闱（wěi）：开门。败：破门而入。秉：拿。笏（hù）：古代官员上朝时拿着的手板，用以记事。"归来"二句是说，衮师随父送客归来，拿着父亲的笏板，模仿客人的面部表情，破门而入。

19 谑（xuè）：嘲笑。全句是说衮师嘲笑客人像张飞长得满脸大胡子。

20 邓艾吃：三国时魏将邓艾说话口吃（即结巴）。全句是说衮师又取笑客人像邓艾一样说话结结巴巴。

21 崪屴（zé lē）：山峰高耸的样子，这里是形容雄鹰展翅的样子。

22 结骒（jí lì）：壮健的样子。"豪鹰"二句是说，衮师一时做出雄鹰展翅的样子，一时又像是骏马奔突。

23 筼筜（yún dāng）：竹子名。

24 唐突：横冲直撞。"截得"二句是说，衮师砍青竹竿当马骑，任意奔跑。

25 参军：指参军戏中的角色之一参军。唐代的参军戏，类似滑稽戏，多由两人扮演，主角称参军，身份是官，配角称苍鹘（hú），身份是仆人，靠滑稽对话和动作引人发笑。

26 按声：模仿参军的腔调。"忽复"二句是说，衮师忽而学演参军戏。

27 稽首：叩头。礼：拜。"又复"二句是说，有时夜间在纱灯旁边，学大人拜佛。

28 罥（juān）：挂、牵。全句意为举鞭去粘取蜘蛛网。

29 争：较量。蛱（jiá）蝶：蝴蝶。全句意为想与蝴蝶较量谁更轻盈。

30　未谢：不让。全句意为不比柳絮慢。

31　六甲：古代一种棋类游戏。亦称双陆，白黑双方各用六子赌胜负。颇输失：经常输。"阶前"二句大意是：在阶前碰到姐姐，便拉着她玩"六甲"的游戏，然而常是输。

32　凝走：硬走，有非去不可的意思。香奁（lián 连）：妇女用的梳妆匣。

33　金屈戌：指梳妆匣上的铜扣环。"凝走"二句大意是：衮师硬是跑去翻弄姐姐的梳妆匣，结果把铜环扣扯掉了。

34　反侧：翻转身体。

35　律：约束。"抱持"二句大意是：别人抱着衮师时，他就挣扎不依，大人对他发怒威吓，也不能制服他。

36　窗网：窗上网状的格子。全句意为弯下身子拉着窗格。

37　峈（kè）唾：吐唾沫。全句意为用唾沫去擦琴上的漆。"曲躬"二句是写衮师百无聊赖的情态。

38　临书：写字。

39　古锦：指用锦作的包裹书的书衣。裁衣：裁剪衣服。全句意为衮师要用包书的锦去裁制衣服。

40　玉轴：书卷的木轴，两端镶嵌玉石，露出卷外。全句意为他见到卷轴也要索取。

41　爷：作者自指。春胜：又名春幡，古人于立春日，剪彩作成小旗，上写"宜春"二字，挂于花枝上，以为春至的象征。全句意为衮师请求父亲书写春胜。

42　春胜宜春日：意为春天里挂起春幡是多么美好！

43　斜卷笺：斜卷着的笺纸。全句意为斜卷着的笺纸像未展开的芭蕉叶。

44　辛夷：木兰科落叶灌木，其花含苞未放时，形似毛笔的笔头，故又称木笔花。过笔：递笔。全句意为低低递过来的笔像含苞未放的辛夷花。"芭蕉"二句是通过衮师给父亲准备纸笔的动作，写他请求书写春胜的郑重神情。以上是第二段，写衮师平时的嬉戏，着重表现他天真活泼的种种情态。

45　恳苦：勤苦。著述：写作。"爷昔"二句以下至结束，是以作者对衮师讲话的口气发议论。

46　憔悴：失意的样子。欲四十：时年作者三十八岁（据叶葱奇《李商隐诗集疏注》编年）。

47　无肉畏蚤虱：极言其瘦弱。因为瘦弱，身上无肉，特别害怕蚤虱的叮咬。

48　甲乙：唐代科举制度，进士分甲、乙两科，以考试成绩而成。"儿慎"二句是说，希望自己的儿子不要学习他，为了求取功名而死读书本。

49　穰苴（ráng jū）：春秋时齐国的名将，喜欢研究兵法。曾任大司马，故通称司马穰苴。司马法：穰苴死后，齐威王让人整理古代司马的兵法，并把穰苴的论述附在其中，号称《司马穰苴兵法》。《司马法》是其简称。

50　张良：汉高祖刘邦的谋臣，年轻时在下邳的桥上遇黄石公，黄石公把《太公兵法》送给他，并说"读此则为王者师矣。"黄石术：指《太公兵法》。

51　假：凭借、依靠。更纤悉：更为细微详尽的知识，指兵法之外的知识，其中有贬低儒家经书及其解释烦琐的意思。以上四句是说要读书就读《司马法》《太公兵法》这样的书，要学得辅佐帝王的本领，不必凭借那些琐碎的知识。

52　羌戎：指当时生活在我国西北边境上的少数民族党项、

回鹘、吐蕃等。悖（bèi）：叛乱。据史载，其时西北地区党项等少数民族的贵族屡屡聚众为患，掠夺骚扰，扩大地盘。

53　诛抚：讨伐和安抚。

54　将养：休息调养。痼（gù）：经久难治的病。全句意同成语"养痈遗患"，比喻对于敌人纵容姑息，终必成为祸患。

55　雏：指小老虎。暗用汉代名将班超的壮语："不入虎穴，焉得虎子"意。是希望孩子长大后能为国深入敌阵，杀敌立功。

56　经：指儒家的经典。帙（zhì）：包书的套子。《汉书·韦贤传》"邹鲁谚曰'遗子黄金满籝（yíng），不如一经。'""当为"二句是作者针对这一谚语而发，大意是：要在战场上立大功，受封万户侯；不要作死守一部经书的书生。

| 延伸阅读 |

责　子

[晋] 陶渊明

白发被两鬓，肌肤不复实。
虽有五男儿，总不好纸笔。
阿舒已二八，懒惰故无匹。
阿宣行志学，而不爱文术。
雍端年十三，不识六与七。
通子垂九龄，但觅梨与栗。
天运苟如此，且进杯中物。

王十二兄与畏之员外相访，见招小饮，时予以悼亡日近，不去，因寄[1]

[唐]

李商隐

谢傅门庭旧末行[2]，今朝歌管属檀郎[3]。
更无人处帘垂地，欲拂尘时簟竟床[4]。
嵇氏幼男犹可悯[5]，左家娇女岂能忘[6]。
秋霖腹疾俱难遣[7]，万里西风夜正长。

注释

---

1 李商隐在文宗开成三年（838）娶泾原节度使王茂元之女为妻，至宣宗大中五年（851）夏秋间王氏卒。是年秋日，李商隐的内兄王十二和连襟韩瞻来访，邀其小饮。李商隐因妻子王氏去世不久，心情悲痛，没有赴约，写了这首诗给王韩二人。李商隐与王氏结婚，曾遭到朋党之徒的忌恨和打击，

因此，这首诗中既有对亡妻深长的悼念之情，又渗透了作者的身世之感慨，"万里西风夜正长"，道尽了作者内心的无限辛酸和怨愤。王十二：王茂元之子，作者的内兄。畏之：作者的连襟韩瞻的字。悼亡：自晋潘岳写《悼亡诗》后，"悼亡"不仅专指悼念亡妻，有时也代指丧妻。悼亡日近：意为妻子死去不久。

2　谢傅：东晋谢安，死后追赠太傅。谢傅门庭：借指作者妻父王茂元家。按《世说新语·贤媛》中记有谢安的侄女谢道韫与谢安议论她的丈夫王凝之不及谢家叔伯、兄弟辈中人一事。作者用这个典故表示自谦，说自己曾依于王茂元门下，但在其诸儿女婿中忝居行列之末。

3　檀郎：晋潘岳小字檀奴，后人称他做潘郎，又称檀郎。唐人习惯称女婿为檀郎。这里借指韩瞻。全句是说今天的欢宴只有韩瞻才能够享受。言外之意是说自己再无心绪参与这样的活动。

4　簟（diàn 电）：竹席。竟床：长簟盖了整个的床。"更无"二句化用潘岳《悼忘诗》其二"展转眄枕席，长簟竟床空。床空委清尘，室虚来悲风"诗意，物在人亡，见物思人。

5　嵇氏幼男：指嵇绍，嵇康之子，嵇康被司马氏杀害时，嵇绍仅十岁，故称幼男，这里借指作者的儿子。

6　左家娇女：左思的女儿，见前《娇女诗》，这里借指作者的女儿。"嵇氏"二句是说王氏死后，儿女尚幼，须自己照顾。

7　秋霖：秋雨。腹疾：肚子疼。连同上两句，都是表明自己不能赴饮的原因。

悼亡二首[1]

[唐]
赵嘏

明月萧萧海上风[2],君归泉路我飘蓬[3]。
门前虽有如花貌,争奈如花心不同[4]。

注释
---

1 本题二首,选一首。《诗经·国风·出其东门》:"出其东门,有女如云。虽则如云,匪我思存。缟衣綦巾,聊乐我员(魂)。"赵嘏(gǔ)这首悼亡诗的后两句,显然受到了上引诗的启发,在表现手法上有相似之处,作者用此表达了对与自己心心相印妻子的深切悼念,突出了夫妻间生死不渝、坚贞不二的爱恋之情。
2 萧萧:象声词,这里指风声。
3 泉路:黄泉之路,指地下。飘蓬:漂泊无定的蓬草,喻指自己孤苦漂流的生活状况。
4 争奈:怎奈。

秋霖夜忆家[1]

[唐]

韩偓

垂老何时见弟兄,背灯愁泣到天明。
不知短发能多少,一滴秋霖白一茎。

注释

---

1 韩偓少年时曾受到姨父李商隐的赞赏,有"雏凤清于老凤声"之誉。老凤指其父韩瞻。韩偓进入仕途,受知于唐昭宗,诗多表现宫廷生活和对皇帝恩宠的感激之情。因受朱全忠排挤,贬为濮州(今山东省曹县)司马,后入闽,投靠拥兵割据的军阀王审知。自遭贬后,诗风一变为忆昔、感旧之音,《秋霖夜忆家》表现了这一变化,它以夸张的手法表现了作者对亲人的深切思念之情。秋霖夜:秋天久雨的夜晚。

寄外征衣[1]

[唐]
陈玉兰

夫戍边关妾在吴[2],西风吹妾妾忧夫[3]。
一行书信千行泪,寒到君边衣到无?

注释

1　陈玉兰是晚唐诗人王驾的妻子。王驾,字大用,河中(今山西省永济市)人,昭宗大顺元年(890)登进士第,官至礼部员外郎。《全唐诗》有诗六首。这首诗,一作王驾诗,题为《古意》。全诗表达闺妇思念征夫的感情,"一行书信千行泪",写对丈夫刻骨的思念,"寒到君边衣到无",写对丈夫关怀的细腻感情。
2　戍:守卫。妾:古代妇女的自谦辞。吴:今江苏苏州,亦可泛指江浙一带。
3　西风:秋风。

怀良人[1]

[唐]

葛鸦儿

蓬鬓荆钗世所稀[2],布裙犹是嫁时衣[3]。
胡麻好种无人种[4],正是归时底不归[5]?

注释

---

1 从作品内容看,作者葛鸦儿是一位贫家农妇。诗收入韦庄编的《又玄集》和韦縠编的《才调集》,当是晚唐时的作品。这首诗语言质朴,似诉家常,而情意深切,也间接揭露了唐末藩镇割据、战乱不断所带给人民的深重灾难。
2 蓬鬓:像蓬草一样又干又乱的头发。荆钗:用荆条做的发卡。
3 布裙:布制的裙子。荆钗、布裙,都是贫家妇女的装束。嫁时衣:出嫁时穿的衣服。
4 胡麻:芝麻。好种:是下种的恰当时候。无人种:指丈夫在外,无人耕种。相传胡麻若夫妇同种,可获得好收成。全句暗含盼望丈夫早归之意。
5 底不归:为何不归。

示长安君[1]

[宋]
王安石

少年离别意非轻,老去相逢亦怆情。
草草杯盘供笑语[2],昏昏灯火话平生[3]。
自怜湖海三年隔[4],又作尘沙万里行[5]。
欲问后期何日是[6],寄书应见雁南征[7]。

注释

1 宋仁宗嘉祐五年(1060),王安石出使辽国,这首诗是他临行前写给妹妹看的。诗里所叙只是一些家常闲话,却表现了兄妹间真挚而亲切的感情。长安君:王安石的大妹妹,名淑文,工部侍郎张奎的妻子,封长安县君。
2 草草:随便准备。杯盘:指酒和菜。
3 话平生:互相谈谈家常。平生:平时、平常。
4 自怜:自己正在感伤。
5 尘沙:因辽国在我国北方境内,多沙漠、风尘,故有此说。万里行:出使路途之遥远。

6 后期:后会的日期。

7 "寄书"句:大意是如我从北方寄信回来,应是见到鸿雁南归的秋天。

清 高简 夕阳雁落图

次吴氏女子韵二首(选一首)[1]

[宋]
王安石

孙陵西曲岸乌纱[2],知汝凄凉正忆家[3]。
人世岂难无聚散,亦逢佳节且吹花[4]。

注释
---

1 本题二首,选一首。女儿在重阳节时思念娘家,给父亲写了一首诗:"西风不入小窗纱,秋气应怜我忆家。极目江南千里恨,依然和泪看黄花。"父亲依韵回了首诗,不仅次韵和诗,而且逐句回答。针对女儿的无限愁思,作为父亲则以稍含诙谐的口气,豁达的情怀来劝慰女儿,读起来格外亲切而有思致。吴氏女子:王安石的长女,嫁吴安持,封建时代女子出嫁改为夫姓,故称吴氏女子。
2 孙陵:今江苏南京孙陵岗,又称松陵岗。王安石晚年家居南京钟山,两地相距不远。孙陵岗是王安石重阳节登临之地。岸乌纱:即"岸帻"。因用原诗"纱"字,所以把"岸帻"变为"岸乌纱"。帻,兴盛于东晋时代的一种头巾;岸,将头巾掀起,露出前额。《晋书·谢奕传》载,谢奕"岸帻笑咏,

无异常日。"作者用此事,说明自己在重阳节登临孙陵岗,生活愉快如常。

3 家:指吴氏女子之娘家。

4 吹花:重阳又称吹花节。"人世"二句大意是:人生一世聚散难免,不可因之生怨生恨,并劝女儿要像自己一样,在重阳节时应登高吹花,游览散心。

| 延伸阅读 |

九日齐山登高

[唐] 杜 牧

江涵秋影雁初飞,与客携壶上翠微。
尘世难逢开口笑,菊花须插满头归。
但将酩酊酬佳节,不用登临恨落晖。
古往今来只如此,牛山何必独沾衣。

辛丑十一月十九日,既与子由别于郑州西门之外,马上赋诗一篇寄之[1]

[宋]
苏 轼

不饮胡为醉兀兀[2],此心已逐归鞍发。

归人犹自念庭闱[3],今我何以慰寂寞。

登高回首坡陇隔[4],但见乌帽出复没。

苦寒念尔衣裘薄[5],独骑瘦马踏残月。

路人行歌居人乐[6],童仆怪我苦凄恻。

亦知人生要有别,但恐岁月去飘忽[7]。

寒灯相对记畴昔[8],夜雨何时听萧瑟[9]。

君知此意不可忘,慎勿苦爱高官职[10]。

注释

1 仁宗嘉祐六年（1061），苏轼出任签书凤翔府（今陕西省凤翔县）判官，离开汴京（今河南省开封市）赴职。其弟苏辙送至郑州折返汴京。两人分别后，苏轼在赴任途中写了这首诗。苏轼、苏辙兄弟有不少赠答诗，这是比较著名的一首。汪师韩云："起句突兀有意味。前叙既别之深情，后忆昔年之旧约。'亦知人生要有别'，转进一层，曲折遒宕。"（《苏诗选评笺释》卷一）可资参考。子由：苏辙字。

2 兀兀：昏沉貌。

3 归人：指苏辙。庭闱（wéi）：双亲所居之地。后亦借指父母。

4 "登高"二句：大意是说，苏轼对弟弟依依不舍，别后又登上高坡回头远望他的身影，可无奈为坡垅阻隔，只能看见他的帽子忽隐忽现。

5 "苦寒"二句：作者想象弟弟返回汴京途中的情景，表现了对弟弟的关切。

6 "路人"二句：作者描述自己途中情景：一路行来，但见他人，无论是行者，或是居者都是快活的，而自己却终日凄苦不安，以至引起童仆责怪。

7 飘忽：形容岁月流逝得很快。

8 畴昔：往昔。

9 萧瑟：风雨声。

10 苦爱：久恋。诗末作者自注：尝有夜雨对床之言，故云尔。"又据苏辙《逍遥堂会宿·序》所说，他们兄弟在汴京寓居怀远驿时，同读韦应物诗《示全真元常》"宁知风雪夜，复此对床眠"时，"恻然感之，乃相约早退为闲居之乐"。

洗儿戏作[1]

[宋]

苏 轼

人皆养子望聪明,我被聪明误一生。

唯愿孩儿愚且鲁,无灾无难到公卿。

注释

1　洗儿是旧时为幼儿满月所举行的仪式。据孟元老《东京梦华录》称:"至满月大展洗儿会,亲宾咸集。浴儿毕,落胎发,遍谢座客,至宴享焉。"儿子满月是喜事,本应说些吉利话,但苏轼没有说这些,虽云"戏作",但诗中所说并非戏言,而是作者在统治阶级内部矛盾斗争中真实感受,充满了自己正直不被理解,自己才能无处发挥的激愤情绪。

寄 内[1]

[宋]
孔平仲

试说途中景,方知别后心。
行人日暮少,风雪乱山深。

注释

---

1 孔平仲,字毅父。与兄文仲、武仲同有文名,时人与苏轼、苏辙兄弟并称,号"二苏三仲"。这是作者远行途中,寄给妻子的诗。怎样来向妻子表达自己别后的心情呢?作者没有直接写,而是以描叙旅途的景象,来启发妻子想象自己旅途的艰辛和心情寂寞,而后二句景物的描写,也并非客观的描写,而是把自己的心情也融入其中,以景表情,既含蓄婉转,又深沉真挚,在表达方式上值得借鉴。

代小子广孙寄翁翁[1]

[宋]
孔平仲

爹爹来密州[2],再岁得两子[3]:
牙儿秀且厚[4],郑郑已生齿。
翁翁尚未见,既见想欢喜[5]。
广孙读书多,写字辄两纸[6]。
三三足精神[7],大安能步履[8]。
翁翁虽旧识[9],技俩非昔比[10]。
何时得团聚,尽使罗拜跪[11]。
婆婆到辇下[12],翁翁在省里[13],
太婆八十五[14],寝膳近何似[15]?
爹爹与奶奶[16],无日不思尔[17]。
每到时节佳,或对饮食美,
一一俱上心[18],归期常屈指[19]。
昨日又开炉[20],连天北风起,

饮阑却萧条[21]，举目数千里[22]。

注释
---

1 这是一首别致的诗。作者代儿子写给他的祖父，即作者的父亲。全篇用孩子的口气写，把儿童的神态表现得惟肖惟妙。诗以孩子夸耀的方式描写了孩子们的成长，用以安慰老人，又委婉地表达了作者对父母亲思念之情，诙谐幽默，生动亲切，这在封建时代讲究长幼尊卑的环境中是难能可贵的。小子：儿子。广孙：广是儿子的名字，对翁翁来说是个孙子。翁翁：祖父。

2 爹爹：父亲。密州：今山东省诸城市。

3 再岁：两年。得两子：这是说父亲来到密州后，又有了两个孩子，即下文的"牙儿"、"郑郑"。

4 秀且厚：长得又秀美又丰满。

5 "既见"句：等见到了，想你们一定会喜欢他们的。

6 辄（zhé）：就、常是。

7 三三：与下文"大安"都是广孙的弟弟。足精神：精力充沛。

8 能步履：能够走路。

9 旧识：过去认识；曾经见过面。

10 技俩：本领。

11 罗：排列。全句是说让孙子们排起队来拜见您。

12 婆婆：祖母。辇下：指京城。当时孔平仲的父亲正在京城里作官。

13　省：中央的官署。

14　太婆：曾祖母。

15　何似：如何。全句是说她起居饮食近来怎么样？

16　奶奶：母亲。

17　尔：语尾助词。

18　俱：都。全句是说件件事情都涌现在心头。

19　"归期"句：经常扳着指头计算您回来的日期。

20　开炉：生起火炉。

21　饮阑：饮完酒。萧条：寂寞，冷清，不高兴。

22　"举目"句：抬头远望，您却在数千里外，无法见到。

| 延伸阅读 |

寄　内

[宋]孔平仲

试说途中景，方知别后心。

行人日暮少，风雪乱山深。

示三子[1]

[宋]

陈师道

去远即相忘,归近不可忍[2]。
儿女已在眼[3],眉目略不省[4]。
喜极不得语[5],泪尽方一哂[6]。
了知不是梦[7],忽忽心未稳。

注释

---

1 作者陈师道,是北宋时著名诗人,但政治上不得意,生活亦贫困潦倒。因为穷,养不活家,他岳父到四川去做官,他的妻子和儿女们全跟着去了四川,当时,他曾写《别三子》,记下了自己与妻子、儿女离别的痛苦心情。诗中说:"有女初束发,已知生离悲。枕我不肯起,畏我从此辞。""大儿学语言,拜揖未胜衣";"小儿襁褓间,抱负有母慈",由此可知"三子"者,一女儿和两个儿子。过了几年之后,他们儿女回家了,作者写了这首诗,给自己儿女看,表现了亲人久别重逢悲喜交加的心情,真挚、细腻,颇为动人。

2　不可忍：忍耐不住。"去远"二句大意是：相别久远了，倒好像是不再想念了，知道子女就要回家了，想念的心情竟忍耐不住了。

3　在眼：站在眼前。

4　省（xǐng）：认识。全句是说，儿女长大，见了面已认不得了。

5　不得语：说不出话。

6　哂（shěn）：笑。全句是说，流尽了眼泪，才笑起来了。

7　了知：确实地知道。"了知"二句大意是：明明知道儿女们已经回家了，但心里总不安稳，怕是在做梦。

|延伸阅读|

绝　句

［宋］陈师道

书当快意读易尽，客有可人期不来。
世事相违每如此，好怀百岁几回开？

偶 成[1]

[宋]
李清照

十五年前花月底,相从曾赋赏花诗[2]。

今看花月浑相似[3],安得情怀似昔时。

注释
---

1 在封建时代,妇女悼念亡夫的诗很少,李清照这首《偶成》,虽然没有标明是悼念亡夫之作,似可聊补这一空缺。这首诗,不尚雕饰,明白如话而又情意深挚,一如李清照之词风。

2 相从:相随。

3 浑:全。

稚子弄冰[1]

[宋]
杨万里

稚子金盆脱晓冰[2],彩线穿取当银钲[3]。
敲成玉磬穿林响,忽作玻璨碎地声[4]。

注释
---

1 杨万里,字廷秀,号诚斋,南宋著名诗人。他的诗,语言自然活泼,不避俚俗,想象丰富,构思新颖,富于生活情趣,富于幽默感,独具一格,时人号为"杨诚斋体"。这里所选的两首他描写小儿女的诗,都体现了这些特点,也表现了作为父亲的慈爱情怀。稚子:小儿女。
2 金盆:铜盆。脱晓冰:早晨把盆底的冰取下来。
3 钲(zhēng):古代乐器名,后亦称锣为钲,这里所说的当是后者。
4 玻璨:亦作"玻璃""颇黎"。古代指天然水晶石一类,非后世人工所造的玻璃。

嘲稚子

[宋]

杨万里

雨里船中不自由[1],无愁稚子亦成愁。

看渠坐睡何曾醒[2],及至教眠却掉头[3]。

注释

1　不自由:行动受约束,寂寞无聊。
2　渠:他。坐睡:坐着打盹。
3　教眠:叫他躺下好好地睡。掉头:摇头,表示不困、不睡。

送子龙赴吉州掾[1]

[宋]

陆 游

我老汝远行,知汝非得已。

驾言当送汝[2],挥涕不能止。

人谁乐离别,坐贫至于此[3]。

汝行犯胥涛[4],次第过彭蠡[5]。

波横吞舟鱼,林啸独脚鬼[6]。

野饭何店炊?孤棹何岸舣[7]?

判司比唐时[8],犹幸免笞箠[9];

庭参亦何辱[10],负职乃可耻[11]。

汝为吉州吏,但饮吉州水;

一钱亦分明,谁能肆谗毁[12]?

聚俸嫁阿惜[13],择士教元礼[14]。

我食可自营,勿用念甘旨[15];

衣穿听露肘[16],履破从见指[17];

出门虽被嘲，归舍却睡美[18]。
益公名位重[19]，凛若乔嶽峙[20]；
汝以通家故[21]，或许望燕几[22]；
得见已足荣，切勿有所启[23]。
又若杨诚斋[24]，清介世莫比[25]；
一闻俗人言，三日归洗耳[26]；
汝但问起居，余事勿挂齿。
希周有世好[27]，敬叔乃乡里[28]，
岂惟能文辞，实亦坚操履[29]；
相从勉讲学[30]，事业在积累。
仁义本何常，蹈之则君子[31]。
汝去三年归，我傥未即死，
江中有鲤鱼[32]，频寄书一纸。

注释

1　宁宗嘉泰二年(1202)初,陆游的次子陆元龙要去吉州(今江西省吉安市)赴任,担任的职务是吉州司理参军,是负责讼狱等事的属吏,陆游为此写了这首送行的诗。全诗如诉家常,信笔挥洒,有离别的感叹,有对儿子途中辛苦的惦念,有对儿子的告诫和希望,反反复复,絮絮叨叨,充满了七十多岁老人对儿子的柔情,也使我们看到作者作为一位爱国诗人,始终如一的正直和善的思想品格。掾(yuàn):古代属官的通称。

2　驾:驾车。言:语气词,无意义。全句谓将驾车为子龙送行。

3　坐:因为。"人谁"二句大意是:有谁喜欢离别呢?因为贫困才不得不这样做。

4　胥涛:传说伍子胥死为潮神,后人因称钱塘江潮为胥涛。

5　彭蠡(lí):即江西鄱阳湖。钱塘江、鄱阳湖都是陆子龙从家乡山阴(今浙江省绍兴市)去吉州赴任所必经过地方。

6　独脚鬼:《山海经·大荒东经》称:东海流波山上,"有兽,状如牛,苍身而无角,一足,出入水则必风雨,其光如日月,其声如雷,其名曰夔。"独脚鬼当指此。陆游用此来形容子龙所经山路的险恶。

7　孤棹(zhào):孤舟。棹,船桨,这里代指舟船。杙(yǐ):船靠岸。以上一段,由感叹离别而想到子龙的旅途艰辛,江河险恶,山林幽冥,行程漂泊无定,体现了作为父亲对儿子的关切。

8　判司:州郡属吏的通称,子龙所任之官,属此类。

9 笞箠（chī chuí）：用竹板、鞭子抽打。按：判司为州郡之卑官，唐时制度，他们有过失时，要受鞭杖，如杜甫《送高三十五书记十五韵》："脱身簿尉中，始与捶楚辞。"韩愈《八月十五夜赠功曹》："判司官卑不堪说，未免捶楚尘埃间。"杜牧《赠小侄阿宜》："参军与簿尉，尘土惊劻勷，一语不中治，鞭笞生满疮。"到了宋代，这种情形有了改变，所以陆游才说子龙虽然是判司一类的属吏，与唐代相比，不会再挨长官的鞭打了。

10 庭参：属吏在公庭谒见长官的礼节。

11 负职：不能尽职。"庭参"二句大意是：在公庭谒见长官不算是受污辱，而不能尽自己的职责才是可耻的事。

12 肆：任意。"一钱"二句大意是：一个铜钱也不贪占，任何人就不能任意诽谤你。

13 阿惜：子龙之女。全句意为用自己的俸钱嫁自己的女儿。

14 元礼：子龙之长子。全句意为要为自己的儿子选择好的老师。

15 甘旨：美好的食品；封建社会把子女奉养父母的食物称为甘旨。

16 听：听任、任凭。

17 从：听从。

18 以上一段，作者一方面告诫子龙清白自守，一方面要子龙不要惦念自己的生活。

19 益公：周必大，庐陵（今江西省吉安市）人，官至左丞相，封益国公。"名位重"即指此。当时周必大正辞官住在吉安家里。

20 凛若：神态庄重严肃。乔狱：犹言高山。峙：耸立。

21 通家：世交，世代有交谊之家。

22　燕几：一种可以靠着休息的家具。不说看望人，而说望燕几，是一种尊敬的说法。"汝以"二句大意是：周陆两家是世交，子龙到吉州后，或许能够拜见周必大。

23　启：请求。

24　诚斋：杨万里，号诚斋，吉水（今江西省吉水市）人，南宋著名诗人，和陆游是朋友。当时他辞官住吉水家中。

25　清介：清廉耿直。

26　洗耳：表示不愿听其事。暗关合尧时许由拒为九州长官，到颍水边洗耳之事。

27　希周：陈希周，曾先后做过安福、南海县令，陆游与他和他的父亲都有交往。世好：即世交。

28　敬叔：杜敬叔。乃乡里：同乡之人。杜敬叔在山阴时，曾请求陆游为他写诗。

29　坚操履：坚持正直廉洁的操行。操履即操行。

30　相从：相来往。

31　蹈：躬行实践。以上一段，作者希望子龙与世交、朋友交往中要勉行仁义，不做非分之请求。

32　鲤鱼：古时寄人书信常结为双鲤之形，后即以鲤鱼为书信之代称。诗末四句，作者嘱咐子龙常写书信来以释自己的悬念。

悼亡三首[1]

[宋]

梅尧臣

一

结发为夫妇，于今十七年[2]。
相看犹不足，何况是长捐[3]。
我鬓已多白，此身宁久全。
终当与同穴，未死泪涟涟。

二

每出身如梦，逢人强意多[4]。
归来仍寂寞，欲语向谁何？
窗冷孤萤入，宵长一雁过。
世间无最苦，精爽此销磨[5]。

三

从来有修短[6]，岂敢问苍天。
见尽人间妇，无如美且贤。

譬令愚者寿，何不假其年。

忍此连城宝[7]，沉埋向九泉[8]。

注释

1　梅尧臣，字圣俞，北宋前期著名诗人。梅尧臣在《读邵不疑学士诗卷》中说："作诗无古今，唯造平淡难"，表现了他对诗歌创作的要求，这三首悼亡诗，语言平易自然，如泣如诉，发自内心，因而具有强烈的感染力。第一首写妻子死后，自己的沉痛心情，"相看犹不足，何况是长捐"，短短十个字，凝聚了夫妻十七年生活中多少温馨、欢娱，又多么深切地表现了妻子的死所给予作者的沉重打击。第二首写妻子死后，诗人在人前勉强为笑的痛苦生活情景，而一旦独处一室，就更使自己痛苦不堪，"窗冷"二句描写的是景物，而实际上是作者孤独寂寞心境的写照。第三首在对"苍天"的责问中，进一步抒发自己失去妻子的心情。

2　十七年：梅尧臣与妻子谢氏于宋仁宗天圣六年（1028）结婚，时梅尧臣二十六岁，谢氏二十岁，庆历四年（1044）秋，梅尧臣因湖州监税任满，携家属赴东京（今河南省开封市），路经高邮，谢氏病殁。梅尧臣与妻子共同生活了十七个年头。

3　长捐：永别。捐，舍弃。

4　强（qiǎng）意：勉强装作欢快的神态。

5　精爽：精神。

6　修短：长命和短命。修，长。

7　连城宝：价值连城的宝物，这里是代指作者的妻子。

8　九泉：地下深处，犹言黄泉，指死人埋葬处。

|延伸阅读|

玉楼春

〔宋〕梅尧臣

天然不比花含粉。约月眉黄春色嫩。

小桥低映欲迷人，闲倚东风无奈困。

烟姿最与章台近。冉冉千丝谁结恨。

狂莺来往恋芳阴，不道风流真能尽。

除夜自石湖归苕溪[1]

[宋]
姜　夔

千门列炬散林鸦[2],儿女相思未别家。
应是不眠非守岁[3],小窗春意入灯花[4]。

注释

1　本题十首,选一首。除夕之夜,人尚在归家途中,思念家人的心情可以想见,而作者却在摹写"儿女相思"的情态中,把它生动地再现出来了。除夕:除夕之夜。石湖:在今江苏省苏州市西南,与太湖相通。苕溪:指湖州(今属浙江),当时姜夔家住在湖州武康(今浙江省德清县)。

2　千门列炬:家家户户灯烛通明,写除夕夜景,点题。散林鸦:唐杜甫《杜位宅守岁》:"盍簪喧枥马,列炬散林鸦"。《杜诗详注》引赵访云:"喧马、散鸦,言会同者骑从之盛。"此化用杜诗,意为节日之喧闹,引起林鸦散起,是对节日气氛的进一步渲染。

3　守岁:农历除夕,家人共坐,终夜不睡,以辞旧迎新,叫守岁。全句是说:除夕之夜,本当家人团聚守岁,而今有人未归,虽通夜不寐,也不能称之为守岁。此写儿女之忧。
4 灯花:古人以灯花爆为喜事之兆,俗谚云:"灯芯结花,远客归家。"全句是说:儿女围坐灯前,看灯芯爆成花形,预示亲人将归,使寒夜中充满了春天的气息。此写儿女之喜。

| 延伸阅读 |

姑苏怀古

[宋]姜 夔

夜暗归云绕柂牙,江涵星影鹭眠沙。
行人怅望苏台柳,曾与吴王扫落花。

旅夜书怀[1]

[宋]
胡朝颖

十日春光九日阴,故关千里未归心。
遥怜儿女寒窗底,指点灯花语夜深。

注释

1　这首诗可与本书所选姜夔诗同读,其手法有相似之处,但由于这首诗的作者归期未卜,离愁乡思更为凄绝。首句点明时候,虽春光遍地,但因连日阴雨,给人以沉重之感。次句写人,写自己远离亲人,春寒旅途,夜不能寐,归思难遣。三、四句转写家中儿女思亲情态。姜夔诗云:"小窗春意入灯花",此云:"指点灯花语夜深"。由于作者的处境不同,前者充满了希望,而后者则充满了无限怅惘的情绪。

寄 外[1]

[宋]
谭意哥

潇湘江上探春回[2],消尽寒冰落尽梅。
愿得儿夫似春色,一年一度一归来。

注释
---

1 这是一首女子写给她的外出未归丈夫的诗。旧时妻称夫为外,"寄外",即寄给丈夫的诗。作者谭意哥,生卒年不详。曾为长沙(今湖南省长沙市)妓女,后嫁临汝(今河南省汝州市)张正字。作者从江上游春归来,眼见寒消梅落,春回大地,生意盎然,这不能不引起作者的情思,引起她对外出未归丈夫的思念。"愿得儿夫似春色,一年一度一归来",在这表现作者愿望的诗句中,以"春色"比丈夫,可见平日夫妻间感情的谐和温润,而期望丈夫如春日景物一年一见,也生动形象地表现了作者对丈夫深挚的思念之情。
2 潇湘:犹言清深的湘水。潇,水清深的样子。湘,湘江,湖南省最大的河流。

答 外[1]

[宋]

郭晖妻

碧纱窗下启缄封[2],尺纸从头彻尾空[3]。
应是仙郎怀别恨[4],忆人全在不言中。

注释
---

1 在一个荒唐可笑的故事中,产生了这首颇为诙谐的诗。郭晖给妻子写了一封信,谁知忙中出错,没有把信装进信封,反装进了一张白纸。他的妻子将错就错,写了这首诗以为复信,表明她并不认为是丈夫的粗心,而是认为她丈夫正是想借此寄托对她的不尽的思念。作者正是用这种似喜似怨、亦庄亦谐的手法来表现她接读来信的复杂心情。
2 启缄(jiān)封:拆开信封。
3 尺纸:书信。从头彻尾:从头到尾。空:空白。
4 仙郎:唐代称尚书省各部郎中、员外郎为仙郎。这里指作者的丈夫郭晖。疑其时,郭正在京城为官。

答 外[1]

[宋]

王琼奴

茜色霞笺照面赪[2]，玉郎何事太多情[3]。
风流不是无佳句，两字相思写不成。

注释

1　这也是为答复丈夫的来信而写的诗。郭晖妻的《答外》末两句是从对方写起，写作者揣摩丈夫是什么心情，借此表现自己对丈夫的信赖。这首末两句是从自己写起，写自己对丈夫的相思，即使用最多的文字、最美好的词句，也是表达不尽的。郭晖妻的《答外》有令人哭笑不得的诙谐和幽默，而这首诗则表现了作者天真纯挚而热烈奔放的性情。

2　茜：茜草，其根可作大红色的染料。茜色：大红色。霞笺：美丽的信笺。赪（chēng）：红色。这句表面上说红色的信笺映红了作者的面颊，实际是说作者因读丈夫多情的来信，激动得红了脸。连读下句可知。

3　玉郎：对丈夫的爱称。

望舍弟消息[1]

[元]

王恽

忆弟居穰县[2],嗟予宦建阳[3]。

三书曾未报[4],一别谩相望[5]。

喜信占晨鹊[6],清吟梦夜床[7]。

残年能几许,长与汝参商[8]。

注释

---

1 作者王恽,字仲谋,元初诗人。这首诗写于他任福建闽海按察使时。诗中突出表现了盼望知道弟弟消息、盼望早日相聚的急切心情。

2 穰(ráng)县:今河南省邓州市。

3 建阳:今福建省南平市建阳区。"忆弟"两句是感叹兄弟异地而居,不得相见。

4 "三书"句:连写三封信,都没有回复。

5 谩(màn):通"漫"。有长久之意。

6 占晨鹊:古代以人听到鹊叫为家有喜事的预兆。占,占卜、观测。

7　夜床："夜雨对床"的简化说法。唐韦应物《示全真元常》："宁知风雪夜，复此对床眠"。白居易《雨中招张司业宿》："能来同宿否，听雨对床眠。"雨雪对床，本指朋友相聚，倾心交谈。后苏轼、苏辙兄弟唱和诗中屡有"夜雨对床"的话，就沿用为兄弟团聚的典故。这里即用此义。

8　参（shēn）商：两星名。此二星此出则彼没，两不相见，因此比喻人分离不得相见。

|延伸阅读|

水调歌头·明月几时有
苏　轼

丙辰中秋，欢饮达旦，大醉。作此篇兼怀子由。　明月几时有？把酒问青天。　不知天上宫阙，今夕是何年。　我欲乘风归去，又恐琼楼玉宇，高处不胜寒。起舞弄清影，何似在人间。转朱阁，低绮户，照无眠。　不应有恨，何事长向别时圆。　人有悲欢离合，月有阴晴圆缺，此事古难全。但愿人长久，千里共婵娟。

客夜思亲[1]

[元]

宋 无

老妻病女去淮西[2],慈母居吴鹤发衰[3]。
我独天涯听夜雨,寒灯三处照相思。

注释
---

1 诗的末句似从白居易那首怀念兄弟姐妹诗中"一夜乡心五处同"句化出,而作为一首绝句,作者在前三句分写三处情况,而以"寒灯三处照相思"作结,显得紧凑简明,真实具体,很恰切地表现了作者客夜遇雨、独对寒灯的悲苦心情。
2 淮西:今安徽北部、河南东部淮河北岸一带。
3 吴:今江苏苏州一带。鹤发:鹤羽白,用以喻老人之白发。

九月七日,舟次宝应县,雨中与天与弟别[1]

[元]

萨都剌

解缆不忍发,船头雨湿衣。

汝兄犹是客[2],吾弟独先归[3]。

行役关河远[4],虚名骨肉稀[5]。

如何淮上雁[6],不作一行飞。

注释

---

1 作者萨都剌,字天锡。回族人,一说蒙古族人。元代著名诗人。萨都剌有才识,有抱负,但不为统治者重用,一生所任官职都是正八品、从七品一类的低级属官,使他心中常有慷慨不平之气。这首诗所表现的对骨肉亲情的依恋,特别是"行役"一联,正是这种不平之气的曲折反映。

2 汝兄:指作者自己。

3 吾弟:指作者之弟天与。作者祖父、父亲都是武将,镇守云、代两郡,定居于雁门(今山西省代县),因此作者自称雁门人。"独先归",可能是说其弟一人先北上回雁门。

4 关河:泛指山河。

5 虚名:犹言浮名。全句意为由于一些无实的名分而使亲人相聚的机会极少。

6 "如何"二句:以雁飞为喻,大意是自己与弟弟为什么不能像空中的大雁一同飞行呢?

| 延伸阅读 |

送二兄入蜀

[唐]卢照邻

关山客子路,花柳帝王城。
此中一分手,相顾怜无声。

怀 归[1]

[元]

倪 瓒

久客怀归思惘然[2],松间茅屋女萝牵[3]。
三杯桃李春风酒,一榻菰蒲夜雨船[4]。
鸿迹偶曾留雪渚[5],鹤情原只在芝田[6]。
他乡未若还乡乐,绿树年年叫杜鹃[7]。

注释
---

1 作者倪瓒是元末著名画家和诗人。倪瓒家境本富有,但由于他不事生产,田园产业为之耗尽。他不隐不仕,漂泊江湖,自称"懒瓒"、"倪迂",不为别人所理解。正是由于这种情况,他又回过头来,想从家庭生活中寻求温暖。《怀归》反映的正是这样的思想感情。
2 惘然:失意的样子。
3 茅屋女萝牵:用杜甫《佳人》"牵萝补茅屋"句意。作者不仅用此描写家园之简朴,寄托自己的情思,而且也表达了作者对自己妻子品格的赞美。

4 "三杯"二句：仿黄庭坚《寄黄几复》诗中"桃李春风一杯酒，江湖夜雨十年灯"二句。前一句回忆过去，写自己在春光明媚的时候，与家人举杯畅饮的乐事。后一句写现在自己的情形，夜雨中，自己独自一人在长满菰蒲水泽边的船上过夜。菰（gū）、蒲：生长在河边、陂泽中的植物。

5 "鸿迹"句：苏轼《和子由渑池怀旧》"人生到处知何似，应似飞鸿踏雪泥。泥上偶然留指爪，鸿飞那复计东西。"倪瓒在这里化用苏轼的诗句，意思说自己在外边漂泊，好像是鸿雁在沙洲雪地上偶然留下的足迹，用以表明自己不愿在外久留。

6 芝田：仙人种芝草的地方。鲍照《舞鹤赋》："朝戏于芝田，夕饮乎瑶池。"用以喻自己留恋家乡之意。

7 杜鹃：鸟名，其啼叫声如人语"不如归去"，故杜鹃又名催归。

清　佚名　美人图（持表）

客中除夕[1]

[明]

袁 凯

今夕为何夕,他乡说故乡。

看人儿女大,为客岁年长。

戎马无休歇[2],关山正渺茫。

一杯柏叶酒[3],未敌泪千行。

注释

1 袁凯,字景文,华亭(今上海市松江区)人。明初诗人。这首诗写于元末战乱中。主要表现作者漂泊异乡,眼见别家儿女长大,自己年岁虚度,加之战乱无已,与家人团聚无望的痛苦心情。

2 戎马:军马,这里用代指战争。

3 柏叶酒:古人认为柏叶后凋而耐久,因取其叶浸酒,元旦时饮用,以祝长寿。

寄　内[1]

[明]
于　谦

结发为夫妻，恩爱两相好。
生男与育女，所期在偕老[2]。
我生叨国恩[3]，显宦亦何早[4]。
班资忝亚卿[5]，巡抚历边徼[6]。
自愧才力薄，无功答穹昊[7]。
勉力效驱驰[8]，庶以赎天讨[9]。
汝居辇毂下[10]，闺门日幽悄[11]。
大儿在故乡，地远音信杳[12]。
二女正娇痴，但索梨与枣[13]。
况复家清贫[14]，生计日草草[15]。
汝惟内助勤[16]，何曾事温饱[17]。
而我非不知，报主事非小。
忠孝世所珍[18]，贤良国之宝[19]。

尺书致殷勤[20]，此意谅能表[21]。

岁寒松柏心，彼此永相保。

注释

1　于谦，字廷益，钱塘（今浙江省杭州市）人。明代杰出的政治家、军事家。公元1449年，蒙古瓦剌部族举兵南下，逼近北京。英宗亲征，兵败被俘。于谦当时任兵部侍郎，率兵抵抗，拥立景帝，保卫了北京城。公元1457年，英宗发动夺门之变，夺回帝位。于谦以"谋逆罪"被杀。从这首诗里，可以看到于谦作为杰出的政治家和军事家思想品格的高尚和感情的丰富，他爱妻子、爱家庭，但他更感到自己对于国家、对于民族责任的重大，他感激妻子治家的辛劳，但更期望得到妻子的谅解和支持。这是这首诗重要的特色。

2　所期：所希望的。偕老：共同生活到老，指夫妻恩爱，永不相离。

3　叨国恩：承受国家或君王的器重、重用。用"叨"字，是一种自谦的说法。

4　显宦：地位显赫的官职。于谦二十三岁中进士，即历任河南、山西巡抚，可以说在很年轻的时候，就担任重要职务了。

5　班资：职位、资格。忝（tiǎn）：谦辞，表示有愧于承受。亚卿：次于正卿的职位。于谦曾任大理寺少卿，地位仅次于大理寺正卿。

6 巡抚：这里用为动词，有巡视、安抚、管理的意思。边徼（jiào）：边境地区。

7 穹昊（qióng hào）：原指上天，这里用天代指君王。

8 勉力：努力。效驱驰：像牛马那样尽力奔走操劳。

9 庶：希望。赎天讨：赎免皇帝对自己的责备。

10 辇毂（gǔ）下：天子车驾的近旁。代指京都。

11 日幽悄：天天是这样的冷清寂寞。

12 杳（yǎo）：没有踪影、声息。

13 但索：只知道讨要。

14 况复：何况又。表示进一层。

15 生计：谋生之道。草草：窘促、简陋。

16 内助：指妻子主持家务，帮助丈夫。

17 "何曾"句：从来不关心自己的温饱。

18 世所珍：社会所看重的。

19 贤良：有道德学问的人。

20 尺书：书信。殷勤：恳切深厚的情意。

21 谅：料想、相信。表：表达明白。

寄 外[1]

[明]

黄 娥

雁飞曾不度衡阳[2],锦字何由寄永昌[3]。

三春花柳妾薄命[4],六诏风烟君断肠[5]。

日归日归愁岁暮[6],其雨其雨怨朝阳[7]。

相怜空有刀环约[8],何日金鸡下夜郎[9]。

注释

1 黄娥,字秀眉,遂宁(今四川省遂宁市)人,她是明正德年间工部尚书黄珂的女儿,文学家杨慎的继室夫人。杨慎中过状元,因上书批评朝政,被贬官到边远的云南永昌县。杨慎黄娥二人爱笃情深,杨慎被贬云南,黄娥亲自送到江陵,杨慎有《江陵别内》记当时情景,深挚凄婉。黄娥这首诗,是从四川家乡寄到杨慎贬所的。诗中通过抒写离别的思绪,同样表达了夫妻间的深厚感情。黄娥是才女,有较好的文学素养,运用典故切合作者的遭遇、感情,因而显得自然蕴藉,真实动人。

2　雁飞不度：古人认为北方的大雁飞到衡阳，就不再往南飞了，故衡阳有座山叫回雁峰。又古人把鸿雁看成是传递口信的动物。作者用此来说两地相距太远，无法传递书信。

3　锦字：前秦秦州刺史窦滔被流放，其妻苏蕙用锦织成回文诗寄给他。回文诗必须婉转循环才能读通。后来称妻子寄给丈夫的书信为锦字。何由：有什么途径。

4　三春花柳：春末凋残的花柳。春天三个月，三春，春天的第三个月。妾：古代妇女的卑称。薄命：命运坎坷，多有不幸。全句大意是：自己命苦多难，已如春末凋残的花柳。

5　六诏：唐代，我国西南少数民族的首领称为"诏"。当时云南及四川西南部等六个少数民族的分支，合称"六诏"。后来亦泛指云南为六诏。这里即用这个意思。风烟：比喻杨慎所居住的环境恶劣。

6　"曰归"句：《诗经·小雅·采薇》："曰归曰归，岁亦暮止。"意思是：老是说"要回来"，"要回来"，可是一年到头了也没有回来。作者即用此意。

7　"其雨"句：用《诗经·卫风·伯兮》："其雨其雨，杲杲出日"意。

8　怜：爱。刀环约：《汉书·李广苏建传》载：李陵被俘到匈奴，汉朝使者任立政见到李陵，不便交谈，于是用手频频抚摸刀环。借用"环"与"还"同音，暗示李陵可以回到汉朝。这里用这个典故，指作者夫妻间互相约定的归期。

9　金鸡：古人迷信，以为天鸡星动，国家必有大赦。这里代指朝廷大赦的诏令。用李白《流夜郎赠辛判官》"我愁远谪夜郎去，何日金鸡放赦回"意，表示盼望丈夫被赦免，从流放地回来。夜郎：汉代我国西南地区的一个部族，其地约在今之贵州、云南、四川三省交界地区。

对月答子浚兄 见怀诸弟之作[1]

[明]
皇甫汸

南北何如汉二京[2],迢迢吴越两乡情[3]。
谢家楼上清秋月[4],分作关山几处明。

注释
---

1 皇甫汸(pāng),字子循,长洲(今江苏省苏州市长洲县)人。诗题中的"子浚"是他长兄皇甫冲的字,他另有一兄、一弟,皆有文名,时称"四皇甫"。他们兄弟之间诗书往来颇多,这里的一首,从题目可知是作者读了长兄皇甫冲的一首怀念诸弟之诗后,在一个月夜里,触景生情,写此诗以作答复。
2 南北:指南京、北京。汉二京:指西汉京城长安,东汉京城洛阳。
3 吴越:今江浙一带。"南北"二句是说兄弟分散南北各处,相距遥远,时时引起对故乡思念之情。
4 谢家楼上月:南朝宋作家谢庄写有《月赋》,这里用此典故,以唤起人们对月亮形状的想象。连同下句是说,洁白的秋月普照大地,兄弟们虽分住各处,但却可同时看到明亮的月光。

乱后初入吴舍弟小酌[1]

[明]
王世贞

与尔同兹难,重逢恐未真[2]。
一身初属我,万事欲输人[3]。
天意宁群盗[4],时艰更老亲[5]。
不堪追往昔,醉语亦伤神。

——
注释
——

1 王世贞,字元美,太仓(今江苏省太仓市)人。明"后七子"之一。诗中所称"乱"、"难"系指其父王忬被杀一事。王世贞的父亲王忬因镇守滦河失职,被奸相严嵩构陷,判成死罪,拘囚狱中。王世贞解除官职,回到京城,与弟世懋仆伏严嵩门前,请求从宽处理;二人每天又身穿囚服跪在路边,向权贵拦路告状求救,但人们皆惧严嵩不敢为之疏通,王忬终于被斩于西市。兄弟只得号泣扶柩归故里,守丧三年。隆庆元年,经兄弟向皇帝上书申诉父冤,终得昭雪。这首诗写于经过种种磨难父冤终得昭雪之后,兄弟再次相聚之时,抚今追昔，倍感沉痛，而在这沉痛的叙述之中，有着兄弟之间感情的深切交流。

2 "与尔"二句：与你共同经受家难之后，这次重逢深怕不是真事。

3 输人：托付于别人。

4 "天意"句：言皇天平息入寇的群贼。指嘉靖三十八年（1559）鞑靼将领把都儿、辛爱大举南犯会州事。据《明史》卷三百二十七载，鞑靼犯会州，总督王忬防守不力，获罚入狱，翌年被杀。鞑靼转掠大同、宣府，旬日大雨，因而撤兵。

5 更老亲：指其父王忬获罪被杀事。

| 延伸阅读 |

岳　坟

[明] 王世贞

落日松杉覆古碑，英风飒飒动灵祠。
空传赤帝中兴诏，自折黄龙大将旗。
三殿有人朝北极，六陵无树对南枝。
莫将乌喙论勾践，鸟尽弓藏也不悲。

秋日怀弟[1]

[明]
谢榛

生涯怜汝自樵苏[2],时序惊心尚道途[3]。
别后几年儿女大,望中千里弟兄孤。
秋天落木愁多少,夜雨残灯梦有无。
遥想故园挥涕泪,况闻塞雁下江湖[4]。

注释

1　谢榛,字茂秦,临清(今山东省临清市)人,明代"后七子"之一。谢榛终生不仕,长期奔走于陕西、山西、河北、河南各地,出入于公卿、藩王之间,漂泊无定,凄冷清苦,最后死于游历途中的大名。这首诗突出地表现了作者在漂泊异乡时,对亲人、对故乡的怀念。

2　樵苏:打柴割草。这句是说弟弟在家靠打柴割草为生。

3　时序:时间的先后,引申为时光的流逝。这句是说自己漂泊于道途,时光的流逝,更使他惊心。

4　塞雁:边塞之雁。雁为候鸟,春季北去,秋季南来,古人常以此来抒发远离家乡、怀念亲人的感情。

寄 弟[1]

[明]

徐 熥

春风送客翻愁客,客路逢春不当春。

寄语莺声休便老[2],天涯犹有未归人。

注释

---

1 春风送暖,大地复苏,万紫千红,充满生机,但这在漂泊异乡的游子的眼中却变成了另外的景象。这是作者想象弟弟在外地的感受。这种感受也许会促使弟弟早日归来,于是他以向黄莺寄语的方式,表示了希望弟弟早日归来的热切心情。

2 莺声:黄莺的叫声。黄莺又名黄鹂,初春始鸣,故又称告春鸟。黄莺叫声停止,表示春已过去。休便老:不要很快地衰歇。便,即;老,这里作衰落、衰竭讲。连同下句有两层意思:一层是对黄莺说,希望黄莺的叫声不要很快地衰歇,要留住春天,因为还有未归的游子。又一层是对弟弟说:希望弟弟早日归来,因为春天已经不多了。

夫君北行以菩提 数珠留赠[1]

[明]
曹寿奴

百八菩提子,红丝贯小缨[2]。
无眠后夜月,留记远钟声[3]。

注释

---

1 夫君:古代女子对丈夫的敬称。菩提数珠:用菩提树的果实做成的数珠。数珠,又叫念珠,是佛教徒念佛时供诵经记数的串珠。一般由一百零八颗珠子组成一串。亲人临别赠物,是为了寄托和启发亲人思念之情,如红豆之类。寿奴的丈夫别出心裁,以佛教徒念诵经文时用的念珠为赠,当是取"念"字为义来寄托感情。这首诗是作者收到丈夫馈赠后所作的答诗。曹寿奴,小字山姑,崇祯年间吴兴(今浙江省湖州市)人。
2 贯:串连,穿通。缨:带子。以上二句描写菩提数珠的形状。
3 "无眠"二句:作者言自己在愁思不能成眠的月夜,当以那串菩提数珠为伴,记数远处寺庙传来的钟声,为远行的丈夫祝福。

悼　亡[1]

[明]

商景兰

公自垂千古，吾犹恋一生。

君臣原大节，儿女亦人情。

折槛生前事，遗碑死后名[2]。

存亡虽异路，贞白本相成[3]。

注释

1　商景兰，字媚生，浙江山阴（今浙江省绍兴市）人。明吏部尚书周祚之女，祁彪佳之妻。祁彪佳，字弘吉，天启进士，崇祯时为御史，南明福王朝任苏松巡抚。清军攻破南京、杭州后，他绝食自沉池中而死。自晋潘岳写《悼亡诗》后，这个题目几为男子悼念亡妻之专名。这首诗是个例外，是作者悼念亡夫祁彪佳的。诗中一方面称颂丈夫的民族气节，另一方面表明自己因抚育子女而不能随死。"存亡虽异路，贞白本相成"，显现了作者之识见的独特，意志的坚定。

2　"折槛（jiàn）"二句：用了两个典故来称颂祁彪佳，说他生前正直,死后为人悼念。折槛事见《汉书·朱云传》:西汉成帝时,槐里令朱云请斩安昌侯张禹。成帝大怒,要杀朱云,御史拉他下殿,他攀住殿槛(栏杆)不放,大声争辩,以致拉断殿槛。后来成帝知道朱云是直臣,没有杀他,也没有再修复断槛。遗碑用的是晋羊祜的事迹。《晋书·羊祜传》称羊祜镇守襄阳,有德政。羊祜死后,吏民为他在岘山上树立了一座碑,见碑者莫不流泪,因称此碑为堕泪碑。

3　贞:忠贞。白:清白。相成:互相配合。

|延伸阅读|

关山月

[明]商景兰

秋月开金镜,浮云散碧空。

风吹榆戍北,露湿柳城东。

影满惊门鹊,光沉起塞鸿。

秦关今夜色,应与汉宫同。

悼亡五首[1]

[清]

顾炎武

一

独坐寒窗望藁砧[2],宜言偕老记初心[3]。
谁知游子天涯别[4],一任闺芜日夜深[5]。

二

北府曾缝战士衣[6],酒浆宾从各无违[7]。
虚堂一夕琴先断[8],华表千年鹤未归[9]。

三

廿年作客向边陲,坐叹兰枯柳亦衰[10]。
传说故园荆棘长,此生能得首丘时[11]。

四

贞姑马鬣在江村[12],送汝黄泉六岁孙[13]。
地下相烦告公姥[14],遗民犹有一人存[15]。

五

摩天黄鹄自常饥[16],但惜流光不可追。

他日乐羊来旧里,何人更与断机丝[17]。

注释

1　顾炎武,字宁人,江苏昆山人,世称亭林先生。明末清初著名思想家、学者和诗人。明亡后,他积极投身反清复明的活动,身处逆境而终无颓唐之想,所表现出的坚定的民族气节和不屈精神,一向为人们所称赞。这首诗是作者在北方得知妻子王氏在家乡病故后所写的。全诗五首,按时间顺序回顾了二十多年夫妇间生离死别的过程,既抒发了对妻子的真诚怀念,又表现了深沉的故国之思,这两种感情交织融合于作品之中,使诗主题丰富,而且具有悲壮的色彩。

2　藁砧(gǎo zhēn):古人用为丈夫的代称。望藁砧:盼望丈夫归来。

3　宜言偕老:《诗经·郑风·女曰鸡鸣》:"宜言饮酒,与子偕老。"宜,肴也。这两句大意是:有了好菜我们一同饮酒作乐,愿意与你白头到老。这里简化成四言而意思相同。连上句是作者设想妻子生前常独坐窗下,盼望丈夫归来,而始终记着初婚时共同生活的欢乐和共同许下的白头偕老的誓言。

4　游子：作者自称。天涯别：夫妇分别各居一处，相距遥远。

5　一任：听任，任凭。闺芜：闺房冷落凄清。"谁知"二句是说自己在外奔波，离家日远，不能与家人团聚。任凭家中清冷寂寞。诗人在这里表示了对亡妻的愧疚的心情。

6　北府：军府。东晋建都建康（今南京），军府设在南京北的广陵，称北府。后来把军府所在地都称为北府。这句的意思是妻子曾为自己投身军府而缝制征衣。

7　宾从：原指宾客、仆从，这里借指夫妻的相敬如宾。这句的意思是临别时，夫妻举酒相约，永相望，不相违。

8　虚堂：空室。琴先断：指妻子先死。古人以琴瑟同时弹奏，其声音谐和，故常用以比喻夫妻之情。一方先死，犹琴断而瑟存。

9　鹤未归：《搜神后记》：丁令威本辽东人，学道于灵虚山，后化鹤归来，落于城门华表柱上。这里用这一典故以表示自己不能回家亲自祭奠亡妻。

10　兰枯柳亦衰：用以比喻人已衰老而功业无成。

11　首丘：古人认为狐狸死时，一定要把头枕在它出生的土丘上。用此以比喻人不忘根本，眷恋故乡。

12　贞姑：指作者的母亲。旧时媳妇称丈夫的母亲为姑。马鬣（liè）：即马鬣封，是古代坟墓上封土的一种形状。这里代指坟墓。

13　送汝黄泉：为你下葬。黄泉，地下。"贞姑"二句是说母亲的坟墓在江村，而你也由六岁的孙儿送葬，葬于母亲坟墓附近。由此引起下文。

14　公姥：公爹、婆母。

15　遗民：国虽亡，但仍不忘故国的人。作者以此表示自己反清复明的坚定意志,并愿以此告慰已故的亲人。

16　摩天黄鹄:作者自喻,表示志向远大。自常饥:比喻自己经历了许多磨难。

17　"他日"二句:《后汉书·列女传》:乐羊子外出求学,还没有学成,就中途回家。他的妻子就拿着剪刀在织布机上欲剪未织成的布幅,告诫乐羊子说:布是一丝一缕地织成的,如将其剪断,就不能织成;求学也要日积月累,不能半途而废。乐羊子受到激励,转身离家,终于学有所成。这里作者以乐羊子自比,感叹妻子亡故后,即使回家,再也没有人能给予自己以激励了。

| 延伸阅读 |

海上(其一)

[清]顾炎武

日入空山海气侵,秋光千里自登临。
十年天地干戈老,四海苍生吊哭深。
水涌神山来白鸟,云浮仙阙见黄金。
此中何处无人世,只恐难酬烈士心。

内人生日[1]

[清]
吴嘉纪

潦倒邱园二十秋[2],亲炊葵藿慰余愁[3]。
绝无暇日临青镜[4],频逢凶年到白头[5]。
海气荒凉门有燕[6],溪光摇荡屋如舟[7]。
不能沽酒持相祝,依旧归来向尔谋。

注释

1 吴嘉纪,字宾贤,号野人,泰州(今江苏省泰州市)人。明亡后,绝口不谈仕进,隐居泰州,是清初重要的遗民诗人之一。诗是为妻子的生日而作,诗的前六句,赞扬妻子在贫贱生活中与自己相守不弃的品质,最后两句照应题目,说本想买点酒为妻子祝贺生日,但想不出办法弄到买酒的钱,只好再回家同妻子商量。这一结尾,出人意料,但它蕴含着丰富的内容,留给读者以充分想象的天地。
2 邱园:指作者隐居的僻静村落。
3 葵藿:野菜,这里泛指粗茶淡饭。

4　暇日：空闲的时候。临青镜：对着镜子梳妆打扮。古代镜子用铜磨制而成，因其中含锡，呈青色，故称青镜。

5　凶年：荒年。

6　门有燕：用以反衬居处荒凉，人所罕至。

7　屋如舟：用以形容房屋简陋，遇风即摇，如船在河上漂荡。

| 延伸阅读 |

绝　句

[清] 吴嘉纪

白头灶户低草房，六月煎盐烈火旁。

走出门前炎日里，偷闲一刻是乘凉。

元日哭先大人[1]

[清]

周淑媛

一夜思亲泪,天明又复收。
恐伤慈母意,暗向枕边流。

注释
---

1 因为思念已故的父亲一夜未眠,泪流不止。天亮了,唯恐母亲看到自己流泪的样子会使她更加伤心,只好把眼泪收起。这样的细心和体贴,显示了女性作家的特点。元日:元旦,农历正月初一。先大人:已故的父亲。

忆 母[1]

[清]

倪瑞璿

河广难杭莫我过[2],未知安否近如何?

暗中时滴思亲泪,只恐思儿泪更多。

注释

1　倪瑞璿(xuán),宿迁(今江苏宿迁)人,徐起泰之妻。本写自己思念母亲,又转想母亲也在思念自己;自己思念母亲而流泪,转想母亲思念自己会流更多的泪。作者正是利用这一联想,细致地表现了对母亲的怀念和关心。

2　河广难杭:《诗经·卫风·河广》:"谁谓河广,一苇杭之。谁谓宋远,跂予望之。"旧说《河广》是宋桓公夫人所作。倪瑞璿取这一点,表示自己女性的身份,也借此表明有家难归的痛苦,以引起对母亲的思念。杭,同"航",度也。

寄远曲三首(选一首)[1]

[清]

朱柔则

猎猎风初劲[2],沉沉雨未阑[3]。

因怜儿被薄,转忆客衣单。

栖燕将雏苦[4],征鸿失侣寒。

居家与行路,同是一艰难。

注释

---

1 本题三首,选一首。朱柔则,字道珠,钱塘(今浙江省杭州市)人。诗人沈用济之妻。能诗,著有《嗣音轩诗抄》。《寄远曲》是作者寄给在外地的丈夫的一组诗,这里选的是组诗的第二首。写在风雨交加的夜晚,因看到儿子睡觉时,被子单薄,因而联想到远行在外的丈夫是否也会由于衣服单薄而在忍受风寒。接下去以"栖燕"、"征鸿"作比喻,写自己在家抚养子女的辛苦,写丈夫在外地孤单漂泊的窘境。"居家与行路,同是一艰难",既表示自己理解丈夫的处境,同时也希望丈夫能够理解自己。这种双向的描写,相互衬托,

对比鲜明,增强了诗歌的表现力。

2　猎猎:风声。劲:猛烈、有力。

3　沉沉:盛貌。阑:残尽。

4　将:抚养。

| 延伸阅读 |

寄远曲三首(选两首)

[清]朱柔则

恨少垂杨柳,殷勤系玉鞍。
夕阳鸦背暖,春雪马蹄寒。
入世逢迎拙,依人去住难。
痴儿啼向我,昨夜梦长安。

闻说燕台路,生涯亦可怜。
耻弹门下铗,谁乞广文钱。
久客非长策,归耕有薄田。
一棺痛慈母,急为卜牛眠。

大姊索诗[1]

[清]
袁枚

六旬谁把小名呼[2],阿姊还能认故吾。
见面恍疑慈母在,徐行全赖外孙扶。
当前共坐人如梦,此后重逢事恐无[3]。
留住白头谈旧话,千金一刻对西湖。

注释
---

1 袁枚,字子才,钱塘(今浙江省杭州市)人。清代著名诗人。这首诗描写了作者年过六十后,与姐姐团聚的情景,生动形象地表现了老年人特有的心态,这在古代诗歌中极少见。而现今当"老龄"成为社会一大问题时,读了这一首诗,除了欣赏作者的真率自然、清新灵巧的艺术风格外,也许还会有一定的认识作用。
2 六旬:六十岁。
3 "当前"二句:眼前与阿姊相对而坐,就像人在做梦(不敢相信是真的,年岁越来越大),今后与阿姊再见面,恐怕是不可能了。

岁暮到家[1]

[清]
蒋士铨

爱子心无尽,归家喜及辰[2]。
寒衣针线密,家信墨痕新。
见面怜清瘦,呼儿问苦辛。
低徊愧人子,不敢叹风尘[3]。

注释

---

1 蒋士铨,字心馀、苕生,江西铅山人。作者终于在年底前赶回家中,诗中着重表现了母亲对自己的细心关怀,也表现了面对母亲关怀时自己的复杂心情。
2 及辰:及时,指于年前回到家中。
3 "不敢"句:不敢在母亲面前感叹自己在外的风尘之苦。

又寄内子[1]

[清]

黄遵宪

十年欢聚不知愁,今日分飞独远游。

知否吾妻桥上望[2],淡烟疏柳数行秋。

注释
---

1 黄遵宪,字公度,广东嘉应州(今广东省梅州市)人,是我国较早直接接受西方资产阶级政治和文化的政治家、文学家。这首诗是作者担任驻日使馆参赞时写给妻子的。诗以"十年欢聚"与"今日分飞"相对比,突出了夫妻离别的孤独寂寞,而用"吾妻桥"这一特有的地名,颇为别致地表达了作者对妻子的深切思念。末句承第三句"望"字而来,写望中所见,以景抒情,含蓄地表达了作者胸中的无限愁绪。

2 吾妻桥:作者自注:"日本东京有吾妻桥。"